Azja
OCEAN SPOKOJNY (PACYFIK)
Borneo
OCEAN INDYJSKI
Australia
AN POŁUDNIOWY
TARKTYDA

Nela mała reporterka

Burda Media Polska Sp. z o.o.
Licencjobiorca National Geographic Society
ul. Marynarska 15, 02-674 Warszawa

Burda Media Polska Sp. z o.o.
02-674 Warszawa, ul. Marynarska 15
Dział handlowy: tel. (48) 22 360 38 38, faks (48) 22 360 38 49

Redakcja i korekty: Melanż
Projekt graficzny okładki: Paweł Surma
Projekt graficzny: Maciej Szymanowicz, Paweł Nowicki
Skład i łamanie: Paweł Nowicki
Infografiki: Adrian Szustakowski, Paweł Surma
Mapy: Joanna Kopka
Redaktor prowadząca: Agnieszka Radzikowska
Redaktor techniczny: Mariusz Teler
Zdjęcia: archiwum prywatne, Shutterstock, BEW/Alamy,
iStock/Getty Images, kolekcje prywatne rycin i ksiąg Neli
Filmy w kodach See More:
Archiwum prywatne, Shutterstock, Getty Images, animacje Neli

Druk: Perfekt, Warszawa
ISBN: 978-83-8053-482-7

Wszelkie zapytania dotyczące Neli (w tym organizacji spotkań)
prosimy kierować na adres: kontakt@pr8848.pl

www.burdaksiazki.pl

NATIONAL GEOGRAPHIC

Nela mała reporterka

NELA

I WYPRAWA DO SERCA DŻUNGLI

SPIS TREŚCI

1. Tajemniczy mieszkańcy Borneo 8
2. Trzy noce u łowców głów 28
3. Piknik w dżungli 106
4. Trzeci dzień. Próba wojownika 164

CZEŚĆ!

Nazywam się Nela, a to jest moja dwunasta książka ☺. Zabiorę cię w niej na niesamowitą wyprawę. Pojedziemy do serca borneańskiej dżungli odszukać łowców głów! Podążymy śladami pewnego dawnego podróżnika, którego notatki sprzed ponad stu lat znalazłam w starym antykwariacie. Poznamy moce dżungli, dawne wierzenia plemion i magię zwierząt!
Czy łowcy głów naprawdę istnieją? Pakuj się, jedziemy to sprawdzić!

Nela

PS Zapraszam cię do śledzenia moich przygód z podróży po świecie na **TVP ABC**, oraz na **www.facebook.com/podrozeneli** i **instagram @podrozeneli.pl**

Czekam na twoje wiadomości ☺.

W TEJ KSIĄŻCE ZNAJDZIESZ DUŻO DODATKOWYCH TREŚCI MULTIMEDIALNYCH POUKRYWANYCH W TAJNYCH KODACH!

BAW SIĘ Z NELĄ!

Szukaj tajnych kodów w książce i oglądaj filmy!

Specjalnie dla ciebie została stworzona darmowa aplikacja See More, którą możesz pobrać w różnych sklepach:

Download on the App Store

GET IT ON Google play

Aplikacji szukaj w sklepach po haśle See More lub szukaj łapki.

Aplikacja działa w systemach: Android i iOS. Pamiętaj! Aplikacja jest bezpłatna! Pobierz ją na telefon lub tablet.

Jak klikniesz „skanuj", otworzy się skanujące oko! Szukaj nim w książce ukrytych kodów. Skanuj je i sprawdzaj, co się pod nimi kryje! Aby korzystać z aplikacji, musisz mieć dostęp do internetu. W aplikacji, w zakładce FILMY możesz też oglądać niektóre moje odcinki ☺, na TABLICY są bieżące informacje o mnie, ciekawostki z podróży, spotkania autorskie i inne fajne rzeczy!

Pamiętaj o uaktualnianiu aplikacji! Sprawdź w sklepie App Store lub Google Play, czy są dostępne nowe aktualizacje.

Miłej zabawy! ☺

TAJEMNICZY Borneo

MIESZKAŃCY

Cześć! Cieszę się, że znowu się spotykamy i czytasz moją książkę ☺. Jak już wiesz, nasza wyprawa będzie inna niż zwykle, bo pojedziemy do serca dżungli sprawdzić, kto tam mieszka!

W pewnym antykwariacie udało mi się znaleźć zapiski podróżnika, który opisywał swoją podróż do łowców głów, ich przesądy, wierzenia w duchy dżungli i tajemnicze moce zwierząt! Postanowiłam sprawdzić, ile z tych opowieści jest dziś prawdziwych i czy łowcy głów polują jeszcze na głowy. Podczas moich podróży docierałam do różnych plemion. Byłam kiedyś na Filipinach w Sagadzie. To małe miasteczko w górach, owiane tajemnicą. Jest tam jedna główna uliczka, wzdłuż której stoją domki, a co jakiś czas są sklepiki z pamiątkami. Wśród różnych rzeczy można zauważyć koszulki z napisem *I survived in Sagada*, co oznacza „Przeżyłem w Sagadzie". Dowiedziałam się, że co jakiś czas miasteczko odwiedzają plemiona łowców głów, ludzie zamykają drzwi po zmroku, a turystom radzą nie błąkać się wieczorami, tylko iść spać...

W czasie mojej ostatniej podróży do Papui-Nowej Gwinei, podczas rozmowy z instruktorką nurkowania, dowiedziałam się, że pochodzi ona z plemienia Tolai, a jej dziadek był kanibalem... Opowiadała o tym bardzo spokojnie, ale na koniec dodała, że członkowie jej plemienia już nie jedzą ludzi...

W Papui-Nowej Gwinei spotkałam też jeszcze jedno plemię. Plemię Huli, którego istnienie odkryto dopiero w 1934 roku...

Stare zapiski są bardzo fajne, bo można je badać i na nowo odkrywać to, co ktoś kiedyś w nich zapisał. Bardzo lubię sprawdzać też dawne informacje o zwierzętach. Właśnie z niektórych rycin dowiedziałam się o tym, że na Borneo żyją słonie karłowate i małe nosorożce ☺. Poznajmy je!

KARŁOWATE ZWIERZĘTA Z BORNEO

SŁOŃ KARŁOWATY

(SŁOŃ BORNEAŃSKI)

NIEKTÓRZY MÓWIĄ, ŻE JEST NAJSŁODSZYM SŁONIKIEM NA ZIEMI ☺.

Tak go narysowałam ☺.

Większe uszy niż słonie azjatyckie, ale mniejsze niż u słoni afrykańskich.

Prostsze kły niż u pozostałych słoni.

Bardzo długi ogon, czasami ciągnie się po ziemi.

ŚWIETNE DO OBSERWACJI!

ŁATWO ODSZUKAĆ JE PO ŚLADACH.

SŁOŃ KARŁOWATY MA BARDZO DŁUGI OGON! DŁUŻSZY OD POZOSTAŁYCH SŁONI NA ZIEMI.

WIELKOŚĆ

DOROSŁY SAMIEC SŁONIA KARŁOWATEGO MIERZY DO 2,5 METRA WYSOKOŚCI. W PORÓWNANIU DO SAMCÓW AZJATYCKICH, KTÓRE DORASTAJĄ DO 3 METRÓW, JEST O PÓŁ METRA NIŻSZY, CHOCIAŻ NALEŻY DO RODZINY SŁONI AZJATYCKICH. SŁONIE AFRYKAŃSKIE DORASTAJĄ ZA TO DO 4 METRÓW, WIĘC SŁOŃ Z BORNEO JEST O 1,5 METRA NIŻSZY OD SŁONIA AFRYKAŃSKIEGO.

SŁOŃ AFRYKAŃSKI

SŁOŃ AZJATYCKI

KARŁOWATY SŁOŃ Z BORNEO

TRYB ŻYCIA

AKTYWNY W DZIEŃ – WIĘC MOŻEMY GO SZUKAĆ ZA DNIA PODCZAS NASZYCH WYPRAW DO DŻUNGLI. ALE TA INFORMACJA WSKAZUJE TEŻ, ŻE W NOCY MOŻNA ZNALEŹĆ TAKIE ZWIERZĘ ŚPIĄCE TAM, GDZIE ZWYKLE ŚPI.

OPIEKA

JAK SPOTKASZ MALUCHA, TO OZNACZA, ŻE W OKOLICY JEST TEŻ MAMA. MAMY BARDZO TROSZCZĄ SIĘ O SWOJE DZIECI, A DZIECI PILNUJĄ, BY SIĘ NIE ODDALAĆ OD MAMY.

DLA LUDZI

ZWIERZĘ NIE JEST GROŹNE. WYKAZUJE SIĘ DUŻYM SPOKOJEM, ALE JAK W PRZYPADKU KAŻDEGO DUŻEGO DZIKIEGO ZWIERZAKA, LEPIEJ NIE PODCHODZIĆ ZA BLISKO, ABY SIĘ NIE SPŁOSZYŁO ANI NIE POCZUŁO ZAGROŻONE. MATKI BARDZO STRZEGĄ SWOICH DZIECI, WIĘC UWAŻAJ SZCZEGÓLNIE NA MAMY Z DZIEĆMI, ABY ICH NIE PRZESTRASZYĆ.

GDZIE WYSTĘPUJE?

MOŻNA GO SPOTKAĆ TYLKO NA BORNEO

POŻYWIENIE

JEST ROŚLINOŻERNY I OWOCOŻERNY.

SPRAWNOŚĆ

SŁONIE NIE POTRAFIĄ SKAKAĆ ☺. NIE PODSKOCZĄ ANI TROCHĘ.

Zobacz, jaki długi ogon ma ten słoń! Skanuj kod aplikacją See More i oglądaj słonia z Borneo ☺.

ZOSTAŃ BADACZEM

STARYCH RYCIN

W mojej kolekcji starych rycin mam dwa rysunki ze słoniami z 1880 roku. Pierwszy jest o słoniu z Afryki, a drugi o legendarnym „białym słoniu" z Tajlandii, która dawniej była nazywana Syjamem. Przypatrz się tym rysunkom. Czy widzisz coś ciekawego? ☺

KARŁOWATE ZWIERZĘTA Z BORNEO

NOSOROŻEC KARŁOWATY

(NAUKOWA NAZWA TO: **NOSOROŻEC SUMATRZAŃSKI**)

TO NAJMNIEJSZY NOSOROŻEC NA ŚWIECIE I JEDYNY OWŁOSIONY. TAK NAPRAWDĘ JEST TYLKO TROCHĘ OWŁOSIONY, A NAJBARDZIEJ OWŁOSIONE SĄ MALUCHY ☺.

Zobacz, jak go narysowałam ☺.

Skanuj kod aplikacją See More i oglądaj nosorożca z Borneo ☺.

To jest maluch nosorożca karłowatego.

Nie pomyl go tylko z „nosorożcem włochatym", który wymarł dawno, dawno temu. Żył w epoce lodowcowej i wyglądał tak

„NOSOROŻEC WŁOCHATY" Z EPOKI LODOWCOWEJ BYŁ NAJBLIŻEJ SPOKREWNIONY WŁAŚNIE Z NOSOROŻCEM SUMATRZAŃSKIM, KTÓREGO MOŻEMY SPOTKAĆ NA BORNEO ☺. OBA ZWIERZAKI MIAŁY PODOBNY KOLOR FUTRA!

MYŚLĘ, ŻE PRADAWNY „NOSOROŻEC WŁOCHATY" BARDZO PRZYPOMINA NOSOROŻCA KARŁOWATEGO. TO, CO JE BAAARDZO RÓŻNI, TO WIELKOŚĆ.

PRADAWNY „NOSOROŻEC WŁOCHATY"

WIELKOŚĆ

DŁUGOSC:
5 METRÓW

WYSOKOSC:
2 METRY

Miał gęstą sierść brązoworudą.

GDZIE ŻYŁ PRADAWNY NOSOROŻEC? POPATRZ NA MAPĘ. TEN WIELKOLUD ŻYŁ TEŻ W POLSCE ☺

A NOSOROŻEC SUMATRZAŃSKI JEST TAKIEJ WIELKOŚCI:

WIELKOŚĆ

DŁUGOSC:
2,5 METRA

Ma rzadką sierść brązoworudą.

WYSOKOSC:
1 METR

SPRAWDŹMY TERAZ, GDZIE MOŻNA SPOTKAĆ NOSOROŻCA SUMATRZAŃSKIEGO ☺

NOSOROŻCE NA ŚWIECIE

NOSOROŻEC BIAŁY

Największy z nosorożców! ma 2 rogi, z czego pierwszy może być ogromny!

NOSOROŻEC CZARNY

Uważaj na niego, jest bardzo agresywny i bardzo szybko biega!

NOSOROŻEC INDYJSKI

(Pancerny). Ma tylko jeden róg. Skóra przypomina skorupę albo zbroję rycerza.

Tak jak w przypadku słoni, u nosorożców również występują różne gatunki.

NOSOROŻEC SUMATRZAŃSKI

Nazywany jest też karłowatym. Najmniejszy ze wszystkich nosorożców. Jest lekko owłosiony. Ma jeden róg i nie jest bardzo agresywny.

NOSOROŻEC JAWAJSKI

Ma najkrótszy róg ze wszystkich nosorożców. Pyszczek szpiczasty, przypomina trochę dziób. Jego skóra też przypomina zbroję.

To dość dziwne, że w Azji żyją nosorożce, prawda? One kojarzą się głównie z Afryką! Nie martw się, jeżeli nie wiedziałeś, że można je spotkać również w Azji. Powiem ci w sekrecie, że mało kto o tym wie ☺. Jeżeli spytasz kogoś dorosłego, gdzie żyją nosorożce, to odpowie, że w Afryce i nic nie wspomni o Azji. Możesz spróbować zadać taką zagadkę ☺.

A tak wygląda z przodu...

ŚWIETNY DO OBSERWACJI!

ŚREDNIO ŁATWY DO TROPIENIA.

TRYB ŻYCIA

AKTYWNY W DZIEŃ.
LUBI BŁOTNE KĄPIELE.

POŻYWIENIE

JEST ROŚLINOŻERNY I OWOCOŻERNY.

...a tak z tyłu ☺.

OPIEKA

JAK SPOTKASZ MALUCHA, TO OZNACZA, ŻE W OKOLICY JEST TEŻ MAMA. UWAGA NA MAMĘ! MOŻE BYĆ NIEBEZPIECZNA, BO BĘDZIE BRONIĆ DZIECKA.

DLA LUDZI

MOŻNA OBSERWOWAĆ, ALE JAK W PRZYPADKU KAŻDEGO DZIKIEGO ZWIERZAKA, LEPIEJ NIE PODCHODZIĆ, TYM BARDZIEJ DO MAMY Z DZIECKIEM. TYKO PRZEWODNIK MOŻE PODEJŚĆ DO NOSOROŻCA, BO ZNA ZACHOWANIA TYCH ZWIERZĄT.

Więc jak widzisz, oprócz niesamowitych mieszkańców wyspy, na Borneo można spotkać też piękne zwierzęta! O niektórych opowiadałam ci już w mojej książce *Nela i sekrety dalekich lądów*.

TAJNE INFORMACJE UKRYT

Analizowałam różne stare rysunki opowiadające o Borneo i natrafiłam na taką rycinę z 1836 roku, która ma prawie 200 lat!

Ale według wiedzy naukowców tygrysy nie występują na Borneo! A ten nosorożec bardzo przypomina mi nosorożca pancernego, który żyje w Indiach, nie na Borneo. Mówi się na niego też nosorożec indyjski, a jego nazwa w tłumaczeniu z łaciny znaczy „jednorożec".

Nie myl go tylko z jeszcze innym nosorożcem z epoki lodowcowej, który już wyginął i też nazywany jest jednorożcem, bo miał jeden ogroooomny róg.

CO MOŻE OZNACZAC TA RYCINA? Moim zdaniem, ktoś dawno temu pomylił się i opowiadał o tym, że na Borneo są tygrysy i nosorożce pancerne... albo to może oznaczać, że kiedyś tam występowały... Co o tym sądzisz? Zostań badaczem i wyciągnij wnioski. ☺

W STARYCH RYSUNKACH

POMÓŻ MI OCENIĆ, JAKI NOSOROŻEC JEST NA TEJ STAREJ RYCINIE?

Zobacz! Zestawiłam zdjęcia nosorożca pancernego i rysunku ze starej księgi. Sprawdź razem ze mną. Czy również według ciebie jest to nosorożec pancerny?

Mają tak samo owłosione koniuszki uszu.

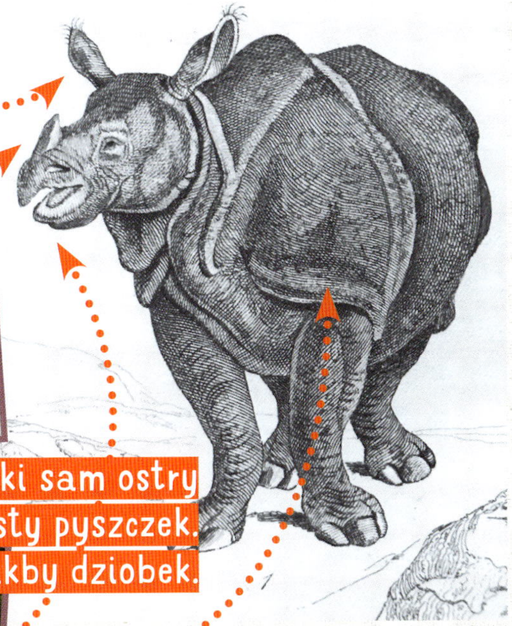

Mają tak samo jeden róg na nosie, jak „jednorożec".

Mają taki sam ostry i szpiczasty pyszczek. Jakby dziobek.

Mają taki sam charakterystyczny pancerz.

Czy również według ciebie jest to nosorożec pancerny? Zgadzasz się ze mną?

A to PANCERNY MALUCH ☺.

TRZY NOCE U ŁOWCÓW GŁÓW

Czy łowcy głów naprawdę istnieją? – zadawałam sobie to pytanie, przemieszczając się w coraz dziksze rejony wyspy. Borneo słynie właśnie z rozmaitych plemion, które jeszcze nie tak dawno walczyły ze sobą, przygotowywały zasadzki i przyrządzały paraliżujące mikstury z tajemniczej substancji wyciekającej z kory pilnie strzeżonych drzew.

To ludzie, którzy bardzo dobrze opanowali sztukę walki i skradania się w taki sposób, aby jak najbardziej zaskoczyć przeciwnika. Niesłychanie waleczni i dzielni.

Były to różne plemiona nazywane wspólną nazwą Dajak. Określała ona rdzennych mieszkańców wyspy Borneo.

Podczas podróży po wyspie usłyszałam, że najbardziej walecznym plemieniem łowców głów byli IBANOWIE, do których będę chciała się wybrać… Podobno mieszkają gdzieś w domach ukrytych między wielkimi wodami i dżunglą. Z dala od miast i ludzi. Aby się tam dostać, trzeba pokonać lądy i rzeki… Pojedziesz tam ze mną?

Ale pamiętaj! Nie wolno odwiedzać plemion bez przewodnika, który wcześniej poprosi wodza o zgodę na przybycie. To musi być zgoda na to, że nie tylko będziesz mógł do nich wejść, ale też od nich wyjść…

O plemionach łowców głów z Borneo już wcześniej czytałam. W moich rycinach mam wycinki ze starych ksiąg i gazet. Oto niektóre z nich

To zdjęcia gazety z 1905 roku (sprzed ponad 100 lat).

THE DETROIT FREE PRESS

HEAD HUNTERS OF BORNEO

THEY INHABIT THE FOREST WILDS OF THE INTERIOR, WHERE THEY ENGAGE IN THE WEIRD SPORT

BY ALLEYNE IRELAND, F.R.G.S.

A DYAK WARRIOR.

Wojownik Dajak

Pani Dajak

Młody Dajak – łowca głów

Rodzina Dajaków

Autor tych zdjęć ponad 100 lat temu opisał swoją wyprawę do tego plemienia. Musiał się dostać w głąb wyspy – opuścić dotychczasowe szlaki i płynąć długą łodzią przez kilka dni w górę rzeki, aby dotrzeć do jej źródła. Wspomniał, że w czasach jego podróży wyspa była kolonią holenderską i angielską, a koloniści chcieli bardzo ograniczyć walki łowców. Opowiedział też pewną legendę, którą usłyszał, przemierzając wyspę. Legendę początku ŁOWCÓW GŁÓW.

POCZĄTKI WALK
– TAJEMNICZA LEGENDA O MÓWIĄCEJ ŻABIE

Historia początku „walk na głowy" wśród Dajaków była legendą przekazywaną z ojca na syna. Opowiadaną od tak dawna, że nikt już nawet nie pamiętał, kto pierwszy ją opowiedział, a żaden uczony nie pokusił się o ustalenie dokładnej daty pierwszej opowieści.

Według niej pewien wódz plemienia Sibop z rdzennego ludu Dajaków, o imieniu Tokong, wyruszył na poszukiwanie rabusiów, którzy napadli na jego wioskę. Wraz z nim podążył za złoczyńcami jeden z jego najdzielniejszych wojowników.

Popłynęli wąską, długą łódką z prądem rzeki w kierunku, w którym uciekli rabusie. Płynąc, wypatrywali śladów obozowiska złodziei. W pewnym momencie zauważyli dym. Gdzieś rozpalono ognisko…

Między obfitą roślinnością dżungli można było dostrzec przebłyski ognia. Podpłynęli więc cichutko. Przywiązali łódkę do gałęzi drzew pochylonych nad wodą i zeszli na ląd. Tam powoli zaczęli podchodzić do obozowiska. Odnaleźli rabusiów i postanowili ich ukarać za napaść na wioskę.

Zaczęli przygotowywać plan ataku. Kiedy obmyślali zasadzkę, wódz Tokong usłyszał niski głos dochodzący zza kamienia. Wychylił się i zobaczył wielką żabę, otoczoną mniejszymi żabkami. Wyglądała jak królowa wszystkich żab. Wódz powitał żabę, a ta zwróciła się do niego, mówiąc: „Źle planujesz swój atak, wodzu. Prawdziwi wojownicy to łowcy głów, a głowa wroga przyniesie szczęście nie tylko tobie, ale i twoim poddanym".

Tokong uwierzył żabie. Zaatakował rabusiów i uczynił tak, jak przykazała…

Zarówno wódz, jak i jego wojownik bardzo się zdziwili, kiedy wróciwszy na brzeg, ujrzeli swoją łódź odwiązaną i stojącą w miejscu na wodzie. Kiedy do niej wsiedli, prąd rzeki się zmienił. Woda zaczęła płynąć w drugą stronę, kierując łódkę do wioski.

Podczas powrotu ani wódz, ani wojownik nie musieli wiosłować, gdyż woda sama ich unosiła. Po przybyciu do domu odkryli, że ryż, który zasadzono tylko kilka dni wcześniej, był już dojrzały i gotowy do zjedzenia. Ludzie z wioski byli zdrowi, a niewidomi odzyskali wzrok.

Opowiedział więc w wiosce o swoim spotkaniu z żabą i jej przepowiedni, a „łowienie głów" stało się tradycją plemion Borneo, gdyż legendę tę zaczęto opowiadać wszędzie. Uwierzono, że duchy pokonanych wrogów podążają za swoimi głowami i służą tym, którzy je mają.

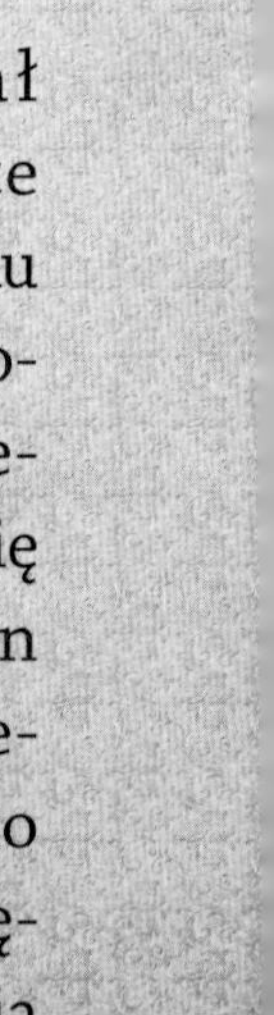

Takie właśnie według legend były początki „walk na głowy" między plemionami na Borneo setki lat temu.

Hm... Trochę straszna ta legenda... – pomyślałam. – Czy dziś te plemiona też są aż tak groźne? – zastanawiałam się, trzymając w dłoni stare zapiski podróżnika, który dawno, dawno temu dotarł do Dajaków. Były jak tajemnicza księga odnaleziona gdzieś w starociach. Zupełnie jak mapa skarbów odkryta przypadkiem przez Indianę Jonesa ☺!

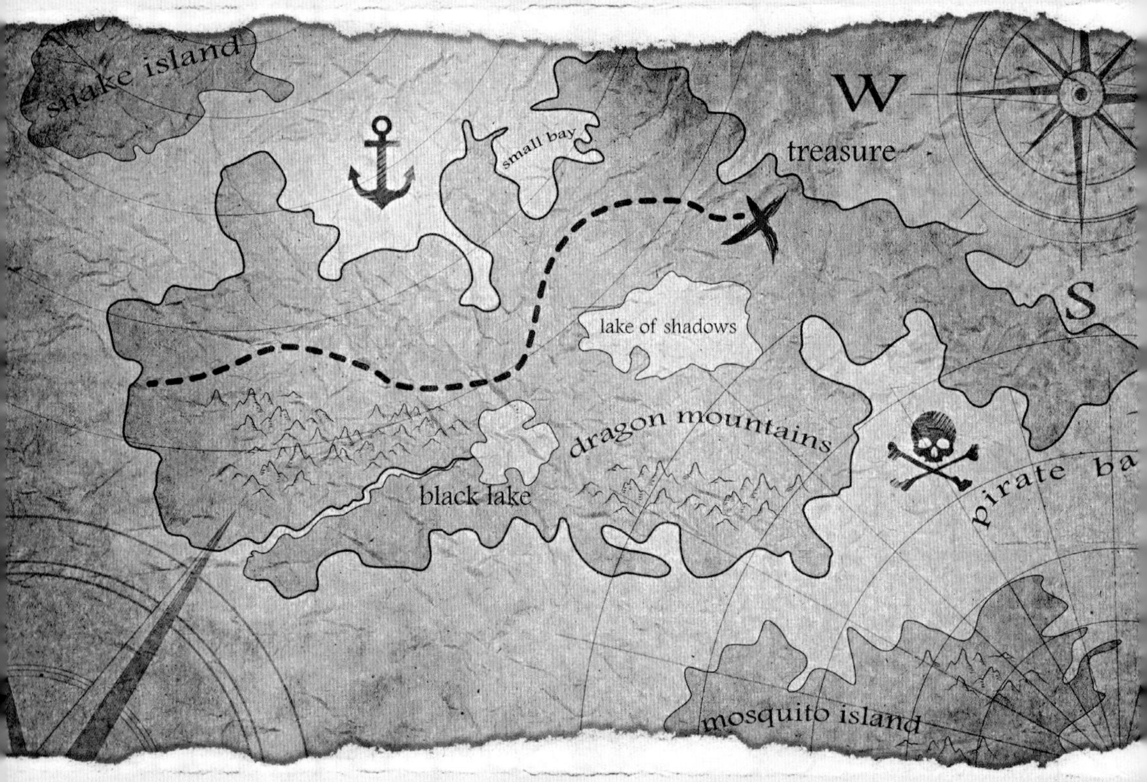

Z błyskiem w oku zaczęłam tłumaczyć kolejne zdania opisujące tę dawną wyprawę. Co jeszcze udało mu się odkryć? Gdzie dotarł? Którędy podróżował?

Czytałam dalej...

„Dajakowie są bardzo przesądni" – pisał. „Wierzą w przepowiednie i mowę zwierząt. Uważają, że duchy dżungli są mądrzejsze od ludzi i często podpowiadają, co należy zrobić. Dajakowie przed podjęciem ważnych decyzji idą do lasu i szukają odpowiedzi na swoje pytania. Wierzą, że duchy dżungli przemawiają do nich, ale nie zawsze słowami. Czasami są to po prostu znaki, widoczne tylko dla Dajaka. Zwykły człowiek ich nie zauważy... Nie dostrzeże. Nie odczyta..."

Hm... – pomyślałam i podniosłam głowę. – To dlatego opowieść o mówiącej żabie została potraktowana przez plemiona bardzo poważnie i nikt nie wątpił w to, że wódz naprawdę ją usłyszał.

Czytałam to, co pisał podróżnik, i czułam, jak ciarki przechodzą mi po plecach...

„Polowanie na głowy wśród plemion stawało się coraz częstsze. Znajdowano ciągle nowe powody, by zaatakować inne wioski. Najbardziej należało się obawiać odejścia wodza – pisał. Wtedy cała wioska była rozżalona i pogrążona w żałobie. Według wierzeń Dajaków wodzowi na odejście trzeba było podarować głowę. W przeciwnym razie duch zmarłego, który wybierał się do BALUN MATAI, czyli krainy zmarłych, nie zaznałby spokoju. Brak ofiary dla zmarłego wodza byłby obrazą, a jego żyjąca rodzina zostałaby przeklęta. W niektórych plemionach wierzono, że właściciele głów przechodzili wraz ze zmarłym wodzem do krainy umarłych jako jego osobiści słudzy. Plemiona żyły więc w ciągłej niepewności przed atakiem ze strony innych plemion. Każdy atak musiał być pomszczony, więc walki nigdy nie ustawały".

– Walki nigdy nie ustawały... – powtórzyłam i zamyśliłam się. – Czy dobrze robię, że zamierzam odszukać te plemiona?

Dawny podróżnik, którego zapiski trzymałam w ręku, nie przestraszył się Dajaków. Opisał dodatkowo, że tradycja ta znana jest na Borneo od bardzo, bardzo dawna, a głowy przeciwników są traktowane z najwyższym szacunkiem i są dla Dajaków niczym magiczne amulety.

Ale to wcale mnie nie pocieszało... To co robimy? Na pewno chcemy ich odszukać?

TABOO...

CZYLI TAJNE PRZESĄDY ŁOWCÓW GŁÓW

Ale legendy o początkach łowców głów oraz o ich wierzeniach to nie wszystko, co odczytałam z notatek podróżnika. Opisywał on też tajne przesądy, czyli TABOO, które Dajakowie nazywali w swoim języku PERMATONG lub LALI.

TABOO pojawiało się w codziennym życiu plemion. Jak już wiesz, we wszystkich ważnych sprawach Dajakowie radzili się duchów dżungli, a jedną z najważniejszych dla nich spraw były zbiory ryżu.

Ryż był bardzo ważny, bo bez niego ludzie głodowali.

Chociaż Dajakowie łowili też ryby czy hodowali zwierzęta, to ryż był dla nich tym, czym dla nas chleb. Nie mieli przecież zboża.

W dżungli nie ma pól, tak jak w Polsce, na których mogliby je posadzić. W dodatku dżungla jest bardzo wilgotna, więc nie nadaje się do uprawy zboża.

Dajakowie sadzili więc ryż, który lubi wodę i upał. Dookoła otaczała ich dżungla, więc musieli bardzo ostrożnie wybrać miejsce, które zostanie przygotowane pod uprawę. W wyborze stosowali TABOO i szukali bardzo konkretnych znaków.

TABOO...

1. TRZY DNI NA SZUKANIE ZNAKÓW

Podczas wybierania terenu pod uprawę ryżu Dajakowie bardzo uważnie wypatrywali zwierząt. Jeżeli ktoś zauważył małego czerwonogłowego węża (NIPA MATEI EKOH), jelenia (TELA-AU) lub cywetę zwaną „MUNIN" czy „ptaka deszczu" (PAJAN) – byłoby to odczytane jako zły znak i przerwano by prace. Jeżeli pojawił się zły znak, ryż nie mógł być w tym miejscu zasadzony.

2. TRZY DNI OBSERWACJI PRZEZ CZŁOWIEKA-JASTRZĘBIA

Dajakowie wierzyli, że niektórzy z nich mają specjalne moce pozwalające zauważyć konkretne zwierzęta. Byli nimi na przykład ludzie nazywani w ich rdzennym języku LAKI-NIHO, czyli człowiek-jastrząb. Podczas ceremonii wybierania terenu pod uprawę LAKI-NIHO wchodzili do dżungli i spędzali w niej trzy dni. W tym czasie reszta mieszkańców, bez wyjątków – zarówno mężczyźni, kobiety, jak i dzieci – mogli robić zwykłe rzeczy, ale nie mogli pracować. LAKI-NIHO przez trzy dni szukali w dżungli jastrzębia.

ZNAK JASTRZĘBIA

Zobaczenie jastrzębia oznaczało szczęście. Najbardziej korzystny znak był jednak wtedy, gdy jastrząb ukazał się LAKI-NIHO trzeciego dnia poszukiwań. Wtedy LAKI-NIHO zbierali suche drewno i rozpalali małe ognisko. Chcieli poinformować ptaka, że oczekują od niego błogosławieństwa w pracach na ryżowisku. Po tej ceremonii LAKI-NIHO wracali do osady i przekazywali dobrą nowinę mieszkańcom. Wieczorem wszyscy świętowali i wznosili w powietrze płonące pochodnie.

Jastrząb mógł jednak dawać kolejne znaki. Jeżeli LAKI-NIHO po powrocie do wioski zobaczyli ponownie jastrzębia, po jego sposobie lotu oceniali, jaka będzie szansa na sukces zbiorów ryżu.

Jeżeli ptak latał w polu widzenia, szybując (nie ruszając skrzydłami), był to bardzo dobry znak.

Jeżeli natomiast w trakcie lotu poruszałby skrzydłami, oznaczałoby to, że ktoś zostanie ranny przy wycince drzew. Wtedy Dajakowie wybierali nowe miejsce, w którym chcieli posadzić ryż, a ceremonia LAKI-NIHO zaczynała się od początku.

Podróżnik w swoim opisie dodał coś jeszcze... Napisał, że inne zwierzęta również były bardzo ważne dla Dajaków oraz że w podobny sposób jak jastrzębia oceniano zachowanie ptaka deszczowego, cywety czy dzioborożca...

Czym jest ptak deszczowy? – zastanawiałam się, ale nie mogłam skojarzyć tego zwierzaka z żadnym, które znam. Zaczęłam szukać informacji na jego temat i... coś znalazłam! Okazało się, że to zwierzę z chińskich legend! Nazywane też „panem deszczu"... Po chińsku SHANG YANG.

Według legendy ptak ten odwiedzał królewski dwór w Chinach, gdzie tańczył na jednej nodze. Miało to oznaczać nadejście ulewnego deszczu.

Zobacz, narysowałam ptaka deszczowego. Podobno tak go sobie wyobrażano.

Chiny są oddalone od Borneo, ale na Borneo mieszkają też Chińczycy, którzy dawno, dawno temu przybyli na tę wyspę. Więc bardzo możliwe, że niektóre ich legendy dotarły do Dajaków. Popatrz, gdzie leżą Chiny, a gdzie Borneo.

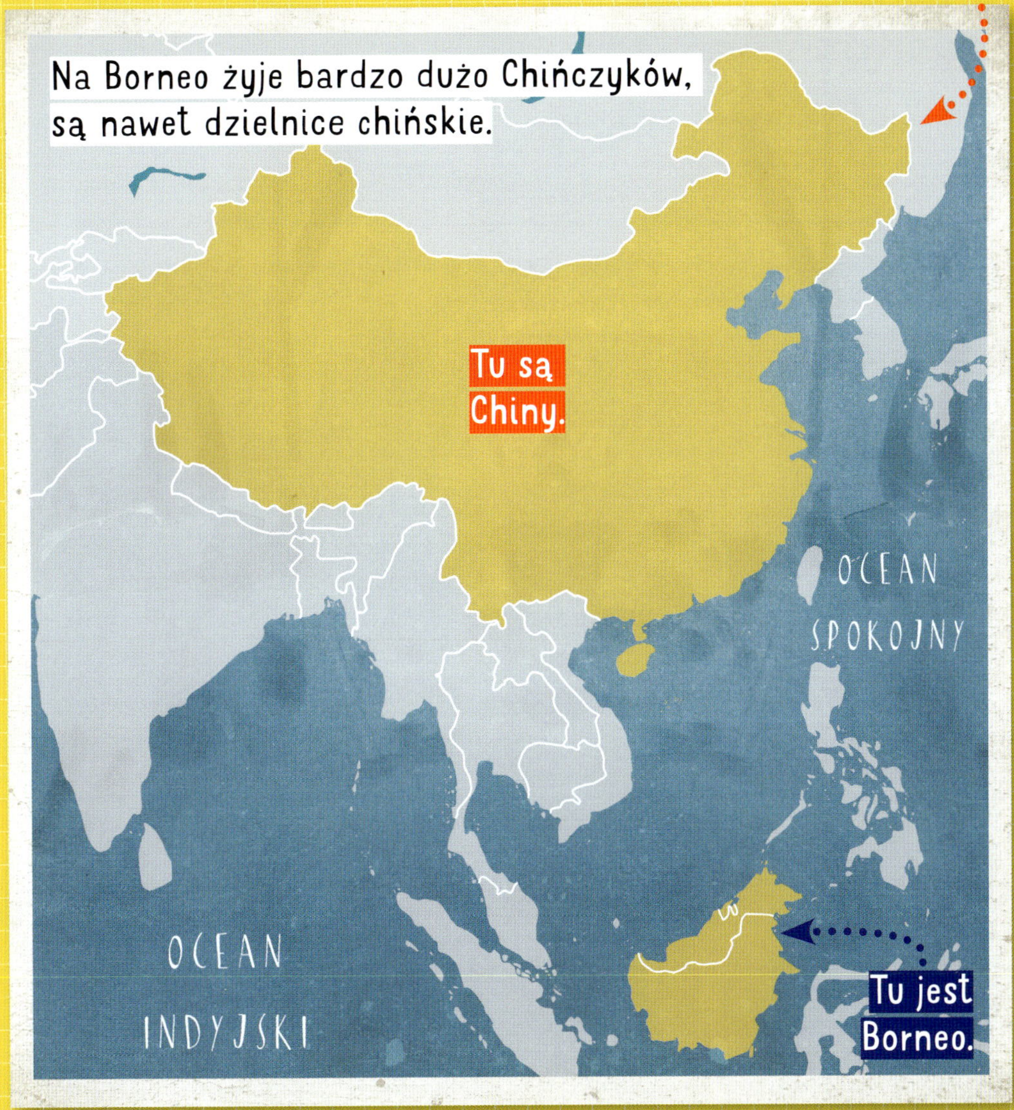

Pozostałe zwierzęta rozpoznałam ☺. Spójrz, jak wygląda dzioborożec, a jak cyweta

Jeżeli więc żadne ze zwierząt nie przekazało Dajakom złego znaku, zaczynali sadzenie ryżu.

To była tylko część bardzo skomplikowanego systemu przesądów TABOO. Było ich oczywiście dużo więcej, ale nie wszystkie Dajakowie chcieli zdradzić obcym...

Chociaż powiem ci, że nasi przodkowie również żyli w świecie pewnych zabobonów i przesądów. Niektórzy z nas są przesądni także i dziś. Wiesz, czym jest przesąd?

To myślenie, że

JEŻELI COŚ SIĘ STAŁO, to

COŚ TRZEBA lub CZEGOŚ NIE MOŻNA ROBIĆ, bo SPOTKA NAS coś

DOBREGO lub **NIEDOBREGO**

A JAKIE SĄ NASZE NAJPOP

PRZESĄD O CZARNYM KOCIE

Niektórzy mówią, że jeżeli czarny kot przejdzie ci drogę, to trzeba zawrócić, inaczej będzie pech.

CO ZROBIĆ?

Osoby, które zobaczyły przechodzącego czarnego kota, czasami zatrzymują się i czekają, aż ktoś inny, kto nie widział tego kota, przejdzie im drogę i dopiero wtedy ruszają dalej. Inne nie czekają, tylko od razu zawracają.

Przesąd ten jest bardzo, bardzo stary. Koty, szczególnie czarne, kojarzono kiedyś z czarownicami.

PRZESĄD O KONICZYNIE

Podobno znalezienie czterolistnej koniczyny przynosi szczęście!

ARNIEJSZE PRZESĄDY?

PRZESĄD O ROZSYPANEJ SOLI

Dawniej wierzono, że tego, kto rozsypał niechcący sól, czeka kłótnia.

CO ZROBIĆ?

Aby zrzucić zły urok, trzeba było szczyptę soli wyrzucić za lewe ramię.

PRZESĄD O ZBITYM LUSTRZE

Mówiono, że zbicie lustra to siedem lat nieszczęść.

CO ZROBIĆ?

Pecha można odwrócić – trzeba schować kawałeczek nieostrego szkła do portfela.

Wierzono też, że przechodzenie pod drabiną przynosi pecha.

Mówi się, że piątek trzynastego to pechowy dzień. Chociaż w niektórych krajach – na przykład we Włoszech – to najszczęśliwszy dzień w roku.

zy znałeś może któryś z tych przesądów? A znasz jakieś inne? ☺

Nie tylko przesądy przekazali nam nasi przodkowie... Są jeszcze różne bardzo ciekawe stare zabobony, jak na przykład opowiadanie o KANI, która mieszka na chmurze. Nie bój się, bo to tylko zabobon i żadna KANIA oczywiście nie istnieje. Ale kiedyś, za dawnych czasów, gdy dzieci wychodziły bawić się na pole i nie wracały przed nocą, bo była taka fajna zabawa, rodzice wychodzili na dwór i krzyczeli: „DZIECI! DZIECI! KANIA LECI!". I wtedy wszystkie dzieci ze strachu przed KANIĄ przybiegały szybko do domu.

Opowiadano, że KANIA była dziewczyną, która mieszkała na chmurze. Pod wieczór wypatrywała z niej dzieci, które bawiły się same. Przylatywała do nich i częstowała różnymi łakociami, żeby się zbliżyły i weszły na chmurkę. Jak tylko wchodziły, to odlatywała z nimi daleko, daleko...

Jak widzisz, wszyscy ludzie na świecie wierzyli kiedyś w przesądy. Jednak te Dajaków były wyjątkowe, a niektóre… straszne. Sprawiły, że odczuwałam niepokój. Nie wiedziałam, jak naprawdę wygląda dzisiejsze życie plemion, czy nadal wierzą w różne znaki, i nie byłam pewna najważniejszego – czy nadal polują na głowy!

Postanowiłam się jednak nie bać i wyruszyć do serca Borneo. Podążyć śladami podróżnika, którego relację sprzed ponad stu lat przeczytałam w starej gazecie, a **MOIM CELEM BĘDZIE POZNANIE TAJEMNIC I WIERZEŃ ŁOWCÓW GŁÓW I SPRAWDZENIE, ILE Z TYCH OPOWIEŚCI ZACHOWAŁO SIĘ DO DZIŚ!**

Musiałam więc znaleźć przewodnika, który zabrałby mnie do serca dżungli. Takiego, który będzie znał trasy dotarcia do łowców głów.

Nocowałam akurat w pewnej miejscowości na Borneo, zaraz obok dzielnicy chińskiej, zwanej China Town. Chodziłam do niej za dnia oraz wieczorami zwiedzać i poczuć chińską kulturę, która dawno temu dotarła na Borneo.

Wszędzie były barki i sklepiki. Ludzie wystawiali głębokie patelnie na palnikach nazywane wokami i gotowali na ulicach. Dookoła unosił się dym, zza którego wyłaniali się wszyscy zwabieni zapachami albo ciekawi tego, co się dzieje w chińskiej dzielnicy. Spacerowali nie tylko turyści, ale i sami mieszkańcy.

Za dnia pomagałam dekorować ściany różnymi malunkami, a wieczorami, gdy zapalały się piękne czerwone i pomarańczowe lampiony, spacerowałam i obserwowałam to, co się działo.

NGAP SAYOT SWK

JEEP

ANOTHER
E'ART
PROJECT

Przechodziłam wzdłuż zatłoczonych barów. Pomiędzy nimi zauważyłam uchylone drzwi do jakiegoś sklepu. Po jego bokach były szyby, za którymi stały stare antyczne chińskie figurki, rzeźby i inne bardzo ciekawe przedmioty. Był też napis „TRIPS", czyli wycieczki. Postanowiłam wejść do środka...

W sklepie unosił się zapach kadzideł i staroci, było tam bardzo dużo interesujących rzeczy, ale moje spojrzenie zatrzymało się na pewnym ciekawym przedmiocie.

Była to maczeta.

– *Hello*. (Dzień dobry) – usłyszałam męski głos dochodzący spomiędzy piramid książek i antycznych posążków pokrytych kurzem.

– *Hello*. (Dzień dobry) – odpowiedziałam niepewnie, nie widząc do końca, z kim rozmawiam, i próbując się wychylić.

Zauważyłam pana, który szedł wolno w moim kierunku. Wyłaniał się z dymu kadzidełek i wyglądał trochę, jakby poruszał się po tafli lodu.

– *Do you know who this weapon belonged to?* (Czy wiesz, do kogo należała ta broń?) – spytał, zjawiwszy się nagle obok mnie.

– *No, I don't...* (Nie...) – odpowiedziałam, rozglądając się dookoła zmieszana. Poczułam się, jakbym trafiła do magicznego sklepu. Jak on się nagle zjawił tak blisko...? – zastanawiałam się.

– *It's Dayaks' weapon.* (To broń Dajaków) – powiedział. – *The headhunters...* (Łówców głów) – dodał po chwili i spojrzał na mnie, czekając na moją reakcję. Sprawdzał, czy się przestraszę. Ale nie dałam nic po sobie poznać. Wyprostowałam się trochę i z uniesioną głową odpowiedziałam.

– *I want to meet them.* (Chcę ich poznać) – stwierdziłam bardzo spokojnym głosem, patrząc panu prosto w oczy. Starałam się nie mrugać, aby nie pomyślał, że się boję.

– *Are you sure?* (Jesteś pewna?) – spytał, łapiąc się za brodę.

– *Yes, I'm.* (Tak, jestem) – odpowiedziałam, cały czas pilnując, by nie pomyślał, że się boję. – *Do you organize trips?* (Czy pan organizuje wyprawy?) – zainteresowałam się.

– *If you want to go to the headhunters, you will have to stay there three days.* (Jeżeli chcesz

pojechać do łowców głów, będziesz musiała z nimi zostać trzy dni) – odparł.
– *Are you ready for it?* (Czy jesteś na to gotowa?) – spytał.

– *Yes, I'm.* (Tak, jestem) – mówiłam dalej pewnie.

– *OK. Come tomorrow at sunrise.* (Dobrze. Przyjdź jutro o wschodzie słońca). *There is someone who can take you there.* (Jest ktoś, kto może cię tam zabrać) – powiedział spokojnym tonem.

– *Thank you.* (Dziękuję) – odparłam uradowana i już zmierzałam do wyjścia, kiedy usłyszałam:

– *Please wait.* (Poczekaj).

Zatrzymałam się i wolno się odwróciłam.

– *This is for you.* (To jest dla ciebie). – Pan podał mi chińską monetę ze starej porcelanowej miseczki. – *This is for good luck.* (To na szczęście) – dodał.

– *Thank you.* (Dziękuję) – odpowiedziałam, przyglądając się monecie, którą trzymałam w dłoni. To była stara moneta feng shui. Takie monety są przez Chińczyków traktowane jak magiczne amulety. Przynoszą wielkie szczęście. W tradycji chińskiej im więcej masz monet splecionych ze sobą czerwonym sznureczkiem, tym masz większe szczęście.

Noc minęła mi szybko. Zjawiłam się o świcie, spakowana i gotowa do podróży. Po chwili przyszedł mój przewodnik…

– *Hello!* (Dzień dobry!) *My name is Ping.* (Nazywam się Ping) – powiedział na przywitanie. – *Are you ready for a trip to the heart of Borneo?* (Jesteś gotowa na wyprawę do serca Borneo?) – dodał od razu.

– *Hello!* (Dzień dobry!) *My name is Nela.* (Nazywam się Nela) ☺ – odpowiedziałam z entuzjazmem. – *Yes, I'm ready!* (Tak, jestem gotowa!) ☺ – poinformowałam.

Weszłam do busika i wyruszyliśmy...

Patrzyłam przez okno, jak słońce powoli wstaje. Uwielbiam wschody i zachody słońca, a na wyprawach, w odległych krainach, wydają się jeszcze piękniejsze niż zwykle. Patrzyłam na wzgórza pokryte dżunglą, które właśnie mijaliśmy, i rozmyślałam.

To niesamowite, że jadę do plemion na trzy noce... ☺ – nie mogłam w to uwierzyć. Ale po chwili zrozumiałam głębszy sens swoich myśli.

– Trzy noce...! – powtórzyłam i w tym momencie przypomniałam sobie pewną bardzo ważną rzecz. Z zapisków dawnego podróżnika, które czytałam, wynikało, że TRZY to CYFRA MAGICZNA dla Dajaków!

Pojawiała się przecież w różnych przesądach. To właśnie przez trzy dni człowiek-jastrząb chodził po dżungli, wypatrując znaków... Pamiętasz?

Dlaczego więc jadę tam właśnie na trzy dni? Czy podczas mojego pobytu będzie miało się coś wydarzyć? Czy plemiona chcą coś sprawdzić? A jeżeli podczas tych dni będzie jakiś znak, to czy mnie wypuszczą???

Trzy dni... – powtórzyłam w myślach...

Jechałam niecałą godzinę, aż dotarliśmy do miasteczka.

– *We have to buy food.* (Musimy kupić jedzenie) – powiedział przewodnik i wysiadł z auta. Wysiadłam razem z nim i udałam się w kierunku bazarku. Był to bardzo fajny bazarek, gdzie była niesamowita ilość przedziwnych warzyw i owoców. Niektóre widziałam po raz pierwszy w życiu!

Pomóż mi odgadnąć, co to za warzywa i owoce. I czy to na pewno są warzywa i owoce? ☺

To oczywiście ananasy! ☺

A to ostre papryczki!

To owoce, bardzo dobre i śmiesznie się je obiera. Mają skórkę z wyglądu przypominającą jaszczurkę.

Bardzo kwaśne owoce ☺.

Pomóż mi rozszyfrować, co to jest.

To bataty, czyli azjatyckie ziemniaki ☺.

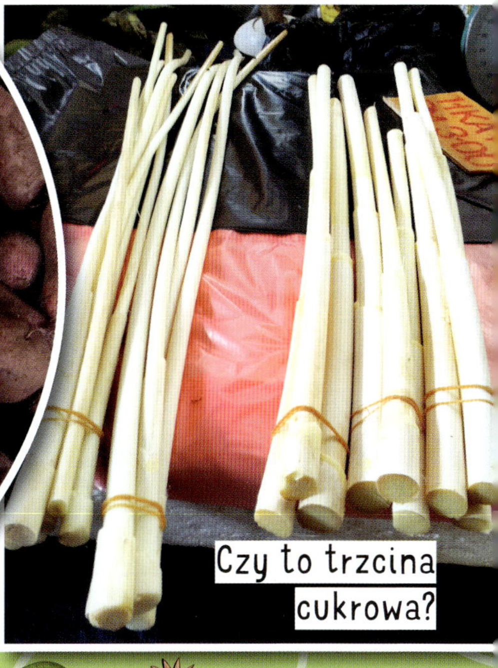

Czy to trzcina cukrowa?

Znowu czuszka. ☺

To rozpoznaję! To *rose apple* ☺ Czyli woskowe jabłko. Bardzo dobre!

Orzeszki ziemne?

Zobacz bazarek. ☺. Skanuj kod aplikacją See More i oglądaj film!

Jakiś owoc?

Ogórki. ☺

Imbir. ☺

Banany.

CO BYŚ KUPIŁ, JADĄC W GŁĄB DŻUNGLI

Znowu...
czuszka. ☺

Suszone
ryby...

Zrobiliśmy zapas jedzenia. To bardzo ważne, bo przecież kierujemy się daleko w głąb dżungli, gdzie nie ma sklepów. Będziemy więc jedli to, co tam zawieziemy.

Znalazłam też czas na szybkie azjatyckie śniadanie ☺. Nie potrafiłam zrozumieć, czym są poszczególne dania, więc wskazałam palcem jedno z nich i uśmiechnęłam się do kucharza.

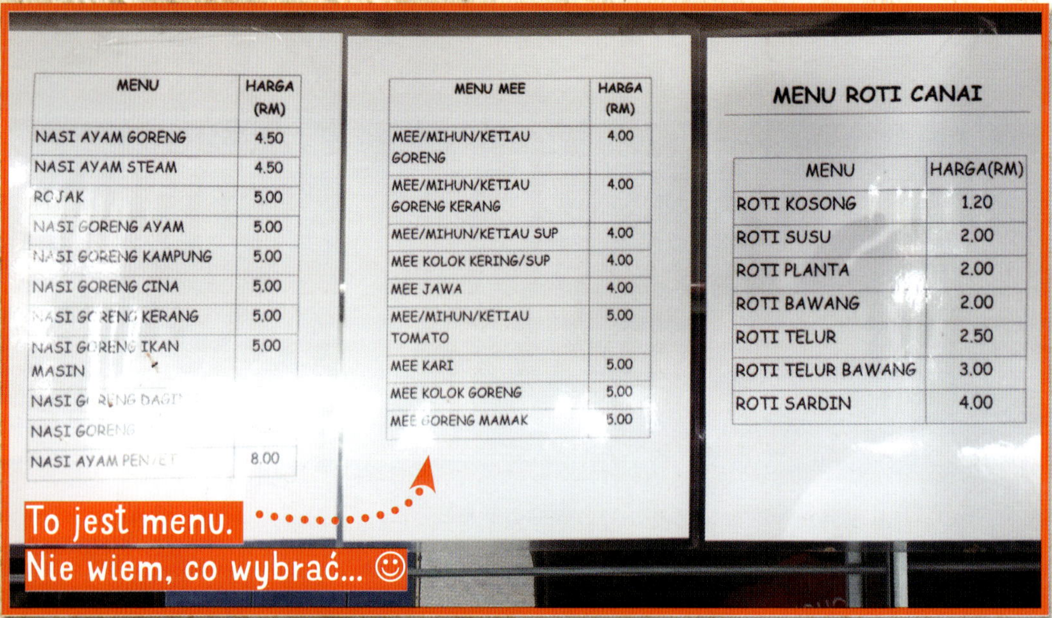

Zobacz, co „wylosowałam” ☺.

Po chwili jadłam już bardzo dobre danie. Dostałam jajko sadzone, pod którym był ryż, makaron i surowe ogórki. Osobno dostałam zupkę, chyba do popijania dania. Rozejrzałam się dookoła i zauważyłam, że prawie każda osoba, która coś jadła, miała właśnie w osobnej miseczce zupkę do picia.

Skończyłam właśnie jeść śniadanie, kiedy przyszedł do mnie przewodnik.

– *We also have to buy presents for the headhunters' families.* (Musimy jeszcze kupić prezenty dla rodzin plemion łowców głów).

Poszłam więc do sklepiku i razem z przewodnikiem wybierałam prezenty. On wiedział najlepiej, co należy przywozić do plemion, aby nikogo nie obrazić. Powiedział, że muszą to być jakieś przysmaki – ciasteczka, wafelki, słodycze. Ważne, by było bardzo dużo paczek, niekoniecznie wielkich rozmiarów. Musiało ich być wiele, bo każdy miał coś dostać.

Wyszłam więc ze sklepiku z ogromnym workiem smakołyków... ledwo udało mi się go podnieść ☺.

Zobacz, jak kupuję prezenty! ☺. Skanuj kod aplikacją See More i oglądaj film!

Prezenty dla łowców głów.

Mam nadzieję, że teraz bez obaw mogę odwiedzić łowców głów ☺ – pomyślałam, wsiadając do busika. Wzięłam ze sobą na drogę moje ukochane *rose apple* i pojechaliśmy.

Mniam... zaraz cię zjem ☺.

To jest azjatyckie „woskowe jabłko". Bardzo smaczne. Jeden z moich ulubionych azjatyckich owoców ☺.

Po kilku godzinach dotarłam na brzeg rzeki. Była ogromna i szerokością przypominała jezioro. Woda w niej była bardzo spokojna. Wydawało się, że stoi w miejscu, prawie nie płynęła.

Czy to tę rzekę przemierzał kiedyś dawny podróżnik? – zastanawiałam się, spoglądając na nią chwilę w bezruchu. – Ciekawe, ilu łowców głów nią kiedyś pływało i ile walk się odbyło przy jej brzegach...

Zauważyłam przycumowaną do przystani długą, wąską, drewnianą łódkę. Była zielono-żółta, z przegródkami na siedzenie. Kształtem przypominała trochę indiańskie kanoe

To jest indiańskie kanoe. Taką łódką pływali Indianie z Ameryki Północnej.

Ciekawe, czy tą łódką będziemy płynąć? – pomyślałam, wysiadając z busika. Popatrzyłam na nią i zauważyłam ruch. Ktoś szedł w naszym kierunku.

To był członek plemienia, do którego zmierzałam. Wypłynął po nas z bardzo, bardzo daleka. Przywitał się ze mną oraz z moim przewodnikiem, a następnie zaczął przeładowywać nasze bagaże do łódki. Jak wiesz, po zakupach na bazarku nie było ich wcale mało, więc łódka robiła się coraz cięższa i cięższa. Patrzyłam, jak powoli zanurzała się coraz głębiej i głębiej...

Za chwilę miałam do niej wsiąść i wypłynąć na nieznane wody. Oddalić się od jakiejkolwiek cywilizacji...

Podeszłam do końca molo i rozejrzałam się.

To dopiero kilka naszych paczek...

Widzisz tę dżunglę za mną? ☺
Nie chodzi mi o tę **WYSEPKĘ**, ale o **TE TERENY**:

Można tam spotkać tylko dzikie zwierzęta i natknąć się na łowców głów. To właśnie tam nie wolno wyprawiać się samemu… To może być bardzo niebezpieczne!

Stałam na molo i patrzyłam na małą wysepkę, która była naprzeciwko mnie, i nagle coś zrozumiałam! Przecież właśnie tak wyobraziłam sobie wcześniej wyspę łowców głów, kiedy czytałam stare zapiski podróżnika. Pamiętasz? Zobacz, jak bardzo jest do niej podobna! Może to ją opisywał ten podróżnik ponad sto lat temu???

Ładowanie bagaży trwało jeszcze chwilę, po czym przewodnik poprosił mnie, bym wsiadła do łódki i mocno się trzymała. Nie wolno było też robić żadnych gwałtownych ruchów, kręcić się czy mocno odwracać, bo łódka mogła się wywrócić...

Oglądaj podróż łódką
☺. Skanuj kod aplikacją
See More i oglądaj film!

Usiadłam więc spokojnie i ruszyliśmy. Płynęłam kilka godzin po tej niezwykłej krainie wody i dżungli. Mijałam mniejsze i większe wysepki, a dookoła ciągle nie było widać żadnych ludzi, wiosek czy jakichkolwiek dróg.

W pewnym momencie coś zauważyłam. Tak! To była wioska Dajaków!

Dotarłam! – cieszyłam się. – Jestem bardzo ciekawa, jak tam będzie!

Łódka, którą wcześniej poruszałam się bardzo szybko, zaczęła zwalniać. Zbliżaliśmy się do jedynego brzegu, gdzie były zabudowania.

Ale fajnie! Ale fajnie! – powtarzałam w myślach i nie mogłam doczekać się poznania mieszkańców.

Zobacz, jak dopłynęłam. ☺ Skanuj kod aplikacją See More i oglądaj film!

Dom położony był przy brzegu rzeki. Dookoła rozciągały się wzgórza porośnięte bardzo obfitą roślinnością. To dzięki niej Dajakowie byli od setek lat chronieni przed atakami z zewnątrz. Jeżeli ktoś chciałby się podkraść, musiałby przedzierać się przez dżunglę z maczetą i narobić sporo hałasu. Na pewno spłoszyłby ptaki, które nagle wzlatując w niebo, ostrzegłyby mieszkańców wioski swoim krzykiem.

Dom, w którym żyją mieszkańcy plemienia nazywa się LONG HOUSE, czyli długi dom. Jest bardzo długi, a w środku ma jeden ogromny korytarz, gdzie wszyscy się spotykają, pracują lub odpoczywają po ciężkim dniu.

TAK WYGLĄDA LONG HOUSE

Za nim jest dżungla, która ma osłaniać dom.

W tym domu żyje całe plemię. Każda rodzina ma swój pokój lub pokoje.

Wzdłuż długiego domu biegnie jeden ogromny korytarz, na którym wszyscy się spotykają, wspólnie pracują, rozmawiają i odpoczywają. Na korytarzu siedzi wódz, który obserwuje mieszkańców.

CZYLI DŁUGI DOM

Dopłynęliśmy do drewnianej przystani. Było do niej przycumowanych dużo łódeczek – właśnie jedną z nich tu przypłynęłam. Popatrzyłam w dal. Słońce powoli zachodziło, co oznaczało, że zbliża się moja pierwsza noc wśród łowców głów ☺. Czas poznać wodza! Idziemy?

Przewodnik zaprowadził mnie do long house'u. Weszłam do środka, ale nikogo tam nie było. Długi korytarz był pusty, a wszystkie drzwi do pokoi mieszkańców zamknięte.

Hm... Co się dzieje? – zastanawiałam się. W długim domu panowała cisza.

Zdjęłam buty i zapakowałam do torebki foliowej, którą wsadziłam w kolejną torebkę i dokładnie zawiązałam. Podłoga w domu Dajaków była bambusowa. Tak dokładnie to zbudowana z bambusowych pasków, mocno związanych ze sobą rattanem. Pomiędzy bambusami były szczeliny, przez które bez problemu przedostałby się skorpion, pająk czy nawet wąż! A to zwierzęta, które uwielbiają zakamarki!

Oglądaj, jak skorpion szuka domu ☺. Skanuj kod aplikacją See More i oglądaj film!

Popatrz na but ☺

Dla nas, ludzi, to po prostu but. Ale dla skorpiona to może być DOM IDEALNY ☺.

Po chwili wszystkie drzwi się otworzyły i mieszkańcy wyszli nas przywitać. Wszyscy byli bardzo zaciekawieni moimi odwiedzinami. Wśród nich był też najstarszy człowiek w plemieniu – WÓDZ!

Podszedł do mnie i podał mi dłoń. Chwyciłam ją na przywitanie.

– *Hello!* (Dzień dobry!) – powiedziałam do wodza. – *My name is Nela.* (Nazywam się Nela) – dodałam.

Wódz uśmiechnął się do mnie, przez chwilę milczał, trzymając moją rękę. Spojrzał mi prosto w oczy i patrzył... Po chwili zwrócił się do mojego przewodnika i powiedział coś, czego zupełnie nie rozumiałam. Jak skończył mówić, wszyscy mieszkańcy wioski zaczęli się cieszyć.

Co się dzieje...? – zastanawiałam się. Rozejrzałam się ostrożnie i zatrzymałam wzrok na moim przewodniku. Ten spojrzał na mnie i powiedział:

– *Tonight will be a special dance to welcome you!* (Dziś wieczorem będzie specjalny taniec, by cię przywitać!)

Wódz i mieszkańcy nie mówili po angielsku. Tylko w swoim plemiennym języku. To wielkie szczęście, że mój przewodnik pochodził z tego plemienia i mógł mi wszystko przetłumaczyć.

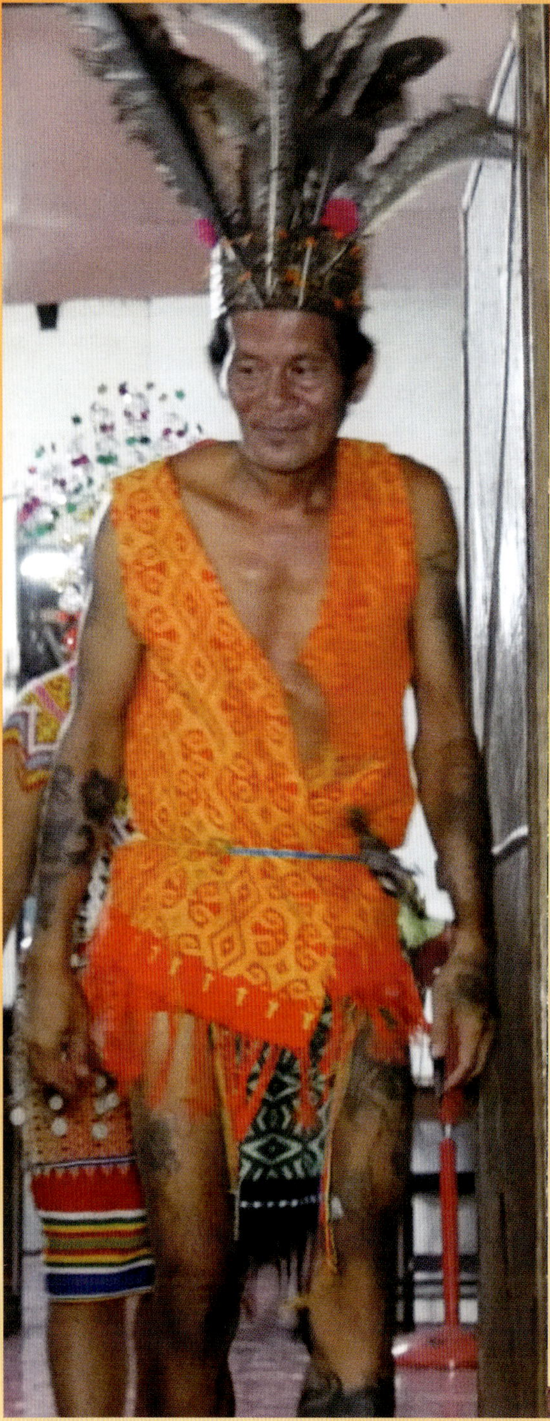

Wszyscy zaczęli się szykować do powitalnej uroczystości. Rozstawiano instrumenty, mieszkańcy zajmowali miejsca, a ja zastanawiałam się, co będzie się działo. Usiadłam pod ścianą na bambusowej podłodze. W drzwiach nagle stanął wojownik Dajak z ozdobnym pióropuszem na głowie. Ubrany był w pomarańczowy strój przepasany w pasie ozdobnym szalem. Bosymi stopami stawiał kroki w rytm wybijanej na instrumentach muzyki. Trudno było się jednak doszukać w niej jakiejś melodii. Bardziej niż przyjemną, spokojną piosenkę przypominała rytmem jakąś walkę. Te dźwięki opowiadały jakąś historię.

Chcesz zobaczyć taniec?
Skanuj kod aplikacją
See More i oglądaj ☺.

Popatrzyłam na muzyków. Mieli bardzo poważne miny. Nie była więc to piosenka, ale jakiś rytuał…! Do tańczącego wojownika po chwili dołączyła pięknie ubrana pani, która również tańczyła, ani razu się nie uśmiechając.

Przekazuję prezenty wodzowi, a wódz dziękuje mi podając mi dłoń.

Po tańcu wszyscy mieszkańcy długiego domu usiedli w kółko. Przekazałam prezenty wodzowi, a jedna z pań Dajak dzieliła je po równo dla wszystkich mieszkańców.

Panie szykują kolację, którą zjem po rozdaniu prezentów.

Instrumenty Dajaków

Przewodnik usiadł obok mnie i powiedział, że to był powitalny taniec łowców głów.

W ten sposób kiedyś, chociaż może nie tak bardzo dawno, panie z wioski witały wojowników wracających z walk, a wojownicy w ten sposób witali kobiety z wioski, ogłaszając swoje zwycięstwo. Właśnie w taki sposób zostałam przywitana przez łowców głów. Zastanawiam się tylko… co to może oznaczać.

Co wódz zauważył, patrząc mi prosto w oczy? I czy witają mnie, czy jakiś znak, który we mnie dostrzegli? ☺

PIKNIK
W DŻUNGLI

Obudziłam się. Było jasno i miałam wrażenie, że wszyscy już wstali oprócz mnie. Otworzyłam szeroko oczy, ale obraz był jakiś rozmyty. Wytężałam wzrok, by zrozumieć, co się dokładnie dzieje. Przyglądałam się poruszającym się kształtom przez malutkie oczka moskitiery, która w nocy chroniła mnie przed insektami, a teraz zacierała obraz tego, co się działo dookoła... Usiadłam na materacu, przetarłam oczy i rozejrzałam się.

To mi się wcale nie śniło! Byłam u łowców głów! – stwierdziłam uradowana.

W nocy długo nie mogłam zasnąć. Po bambusowej podło-
dze chodziły szeleszczące karaczany. Zachowywały się tak
głośno, jakby szły na zakupy z foliowymi torebkami. Słychać
było tylko szuszuszuszu – bum… szuszuszuszu… bum.

Szuszuszu – wiedziałam, co ten odgłos oznacza, to był karaczan. Ale bum? Musiałam aż się podnieść i włączyć latarkę.

Wiesz, co oznaczał dźwięk „bum"? To był kot. Kot, który mieszkał w dżungli z łowcami głów i bawił się w łapanie szeleszczących, uciekających karaczanów. Można powiedzieć, że był moim nocnym strażnikiem, bo biegał po całym long housie i wyłapywał insekty. Byłam oczywiście opatulona

moskitierą, ale dodatkowy obrońca bardzo dobrze się spisywał ☺.

Jak już zobaczyłam, że to „bum" to tylko kot, mogłam iść spokojnie spać. To kot obronny – pomyślałam, ale jednocześnie zmartwiłam się, że nieświadomy niebezpieczeństwa kot może zaatakować skorpiona. Pomyśli, że to jakiś dziwny robak, na którego może zapolować, i stanie mu się krzywda. Na szczęście zwierzęta, które dorastają w jakimś środowisku, od małego uczą się, jak omijać zagrożenia, więc uspokoiłam się i zamknęłam oczy.

KOT PLEMIENNY ☺ MI-HU-HU

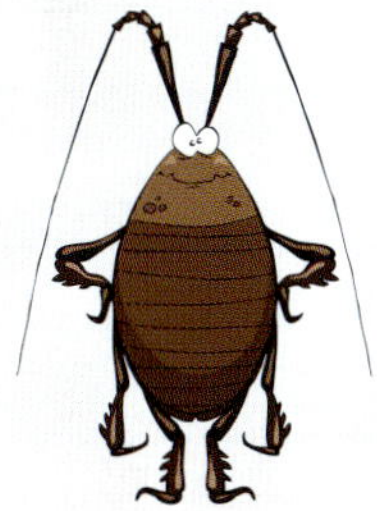

Przed czym przestrzegłbyś jeszcze kota żyjącego w dżungli?

ZOBACZ, JAK WYGLĄDAŁY PRZYGOT

Łazienka była na zewnątrz, tuż obok dżungli.

Nie tylko ja postanowiłam się umyć. Pod prysznicem siedział sobie dość duży pająk... Popatrz

ANIA DO SNU U ŁOWCÓW GŁÓW ☺

W ubikacji też byli mieszkańcy ☺

Rozejrzałam się dookoła. Łazienkę zamieszkiwały też przepiękne ćmy ☺. Popatrz!

Ta ćma wygląda trochę, jakby miała kolce!

Tej ćmie zrobiłam zdjęcie z góry i z boku. Popatrz, jakie ma piękne oczy!

SZYKOWANIE SIĘ DO SNU ☺

Pani Dajak rozczesuje mi włosy. Przewodnik powiedział, że to tradycja u Dajaków.

Następnie pani Dajak zaczęła przygotowywać mi miejsce do spania. Chciałam jej pomóc, ale odmówiła. Tradycją tam jest, że gospodyni szykuje spanie dla gości. Jeżeliby się zrobiło to za nią, mogłoby się ją obrazić. Pamiętaj, gdy będziesz w dalekich krajach, zwracaj uwagę na różne zwyczaje, bo mogą być zupełnie inne niż w Polsce.

Moje spanie już prawie gotowe ☺.
Wiesz, czego brakuje? Mnie ☺.

Wchodzę do środka. Zaraz zgasną
światła i nic nie będzie widać!

Dajakowie wstają bardzo wcześnie. Budzą się wraz z pierwszymi promieniami słońca. Ja też musiałam wstać o świcie ☺. Nie mogłam przecież spać dalej pośrodku korytarza długiego domu ☺.

Wstałam, ubrałam się, umyłam i poszłam na drewniane molo nad rzeką. Usiadłam na jego końcu i wsłuchiwałam się w dzikość.

Słońce powoli wschodziło i otulało swoim blaskiem tę całą krainę zwierząt, na którą patrzyłam. Gdzieś tam są słonie karłowate, czyli najmniejsze słonie na świecie, które „zmniejszyły się" po epoce lodowcowej. Skarłowaciałe nosorożce, które mają futro w różnych miejscach na ciele i wyglądają przesłodko! Pantery mgliste, nosacze, orangutany… A wszystko to, co je otacza, należy do nich. Nie niszczą tego, biorą z przyrody tylko to, czego naprawdę potrzebują… Jakby ludzie tacy byli, świat wyglądałby inaczej. Ostatnio, niedaleko Borneo, bo w Papui-Nowej Gwinei, nurkowałam w morzu. Na komputerze nurkowym wyświetlała mi się temperatura wody. To było 30 stopni Celsjusza! Wiesz, co to oznacza? Koralowce, ukwiały, cała rafa ginie w temperaturze

około 32 stopni Celsjusza. Jeżeli nie zadbamy o naszą planetę, wszystkie niesamowite zwierzęta, które oglądamy, ten cudowny świat, który zwiedzamy pod wodą, przestanie istnieć... Zostaną tylko filmy i zdjęcia. Każdy z nas może bardzo dużo dla nich zrobić – wyłączając światło, kiedy nie jest potrzebne, nie otwierając bez potrzeby lodówki, wyłączając urządzenia z kontaktów, segregując śmieci, zakręcając wodę, by niepotrzebnie nie leciała podczas mycia zębów. Jeżeli wszyscy będziemy się starać, to nam się uda je ocalić...

Siedziałam i patrzyłam w dal. To niesamowite znaleźć się w tak dzikim jeszcze miejscu na Ziemi. Dzikość mnie przyciąga i fascynuje... Czasami zastanawiam się, jak by to było przenieść się na chwilę w epokę dinozaurów. Czy potrafisz sobie wyobrazić, jak musiały pachnieć wtedy lasy? Drzewa były ogromne, powietrze niesłychanie czyste. Nie było fabryk, ludzi, samochodów...

Rozmyślałam tak i nagle usłyszałam kroki. Ktoś zbliżał się do mnie, a drewniane deski molo skrzypiały jedna za drugą. To był mój przewodnik. Podszedł do mnie i rzekł:

– *The chief invites you to the jungle!* (Wódz zaprasza cię do dżungli!) – I wskazał dłonią na panie i pana Dajaków zbliżających się do jednej z łódeczek.

Uaaał...! – pomyślałam.

– *Thank you!* (Dziękuję!) – powiedziałam i pobiegłam szybko wziąć najpotrzebniejsze rzeczy na wyprawę.

Kiedy wróciłam, łódka już była załadowana jakimiś pakunkami.

– *What we will do in the jungle?* (Co będziemy robić w dżungli?) – spytałam, wsiadając do środka i pamiętając, żeby szybko usiąść nieruchomo.

– *We will eat.* (Będziemy jeść) – odpowiedział przewodnik, wsiadając za mną do łódki. – *The chief had a dream...* (Wódz miał sen...) – dodał. – *He dreamed of the spirits of the jungle...* (Śniły mu się duchy dżungli...) *Who invited you to visit them...* (Które zaprazały cię, abyś je odwiedziła...)

SEN WODZA

Zapraszamy cię, Nela!

Bardzo się zdziwiłam... Nie wiedziałam do końca, czy to dobry znak, czy nie. Pamiętasz, że Dajakowie są bardzo przesądni i wierzą w mowę zwierząt oraz tajemnicze znaki? Teraz dowiedziałam się, że również sny mają dla nich ogromne znaczenie. A sny ludzi z dalekich plemion mogą być naprawdę bardzo ciekawe!

Łódka wypłynęła. Oddalałam się od długiego domu w kierunku niesamowicie zarośniętych pagórków wystających

z wody. Ale kiedy tylko do jednego podpływałam i myślałam, że już dotarłam do celu, to odkrywało się przede mną tajemnicze przejście. To był dalszy ciąg rzeki, którego wcześniej nie widziałam. Był tak zarośnięty, że tylko podpływając bardzo blisko, można było zobaczyć, że da się radę tam wpłynąć.

Wyłącznie mieszkaniec tych terenów potrafił się po nich poruszać. Bez przewodnika byłoby mi bardzo trudno i myślę, że mogłabym zabłądzić!

ZOBACZ, GDZIE SĄ TAJNE RZ

ZNE PRZEJŚCIA!

Te pagórki nie są ze sobą połączone. Z twojego miejsca jak patrzysz, to wydaje się jedna góra, ale jak podpłyniesz bliżej, to okazuje się, że jest przejście. To tak jakby nałożyć na siebie do połowy dwie kartki papieru i je troszeczkę od siebie oddalić. Jak spojrzysz z przodu, nie będziesz widział przejścia. Dopiero bliżej odkryje się tajemnica. ☺

Wpłynęliśmy łódką między zarośla. Były jak kurtyna, za którą kryło się tajemnicze przejście. Płynęliśmy nim dalej w głąb dżungli. W niektórych miejscach rzeka stawała się węższa, w innych szersza. W pewnym momencie przybiliśmy do brzegu.

– *It's here.* (To tutaj) – powiedział przewodnik, łapiąc gałąź wystającą nad wodę. Przyciągnął ją mocno, by łódka wpłynęła między korzenie drzew wchodzące do rzeki. Nagle coś zobaczyłam… Czarnożółte plamki dziwnie poruszały się po błotnistym brzegu. Przyjrzałam się uważnie i nie mogłam w to uwierzyć. To był wąż mangrowy, nazywany też boiga od łacińskiej nazwy *boiga dendrophila*.

Był tuż przy mnie. Uniósł się i ułożył ciało w literę S. To oznaczało, że szykował się do ataku. Poczuł się przez nas zagrożony. Węże właśnie w taki sposób komunikują się z agresorem. Można powiedzieć, że to jest ich język ciała. Czyli mówią – odejdź, bo zaraz wyskoczę jak sprężyna i cię ugryzę!

Boigi, czyli węże mangrowe, mają kły jadowe ukryte w tylnej części szczęki. Niektóre węże czy żmije mają kły jadowe na przodzie, ale są też takie gatunki, które mają

kły z tyłu. Jak właśnie boigi. Aby móc wykorzystać swój jad, najpierw gryzą przednimi zębami. Jak już ugryzą, nie puszczają ofiary, tylko próbują przesunąć ją w głąb szczęki, aby dotrzeć do zębów jadowych. Więc w razie ataku węża trzeba pamiętać, że pierwsze ugryzienie zazwyczaj nie jest jadowite. Ale nie na sto procent, więc i tak należy na nie bardzo, bardzo uważać, bo jad boigi jest bardzo silny. Przewodnik powiedział mi, że nie ma na niego antidotum!

JAK ROZPOZNAĆ ZDENERWOWANEGO BOIGĘ (WĘŻA MANGROWEGO)?

1.

Ciało ułożone **W LITERĘ S**. W taką „sprężynkę”.

2.

Przy wielkim strachu lub przed atakiem **OTWIERA PASZCZĘ**.

3.

Wycofana do tyłu **GŁOWA**.

4.

Ten wąż **UDERZA OGONEM** o podłoże. Chce w ten sposób cię przestraszyć.

UWAGA! TEN WĄŻ ŁATWO SIĘ DENERWUJE I JEST AGRESYWNY!

2.
3.
1.
4.

Postanowiłam zachować spokój i się nie ruszać. Zresztą nie miałam za bardzo innej możliwości, bo przecież siedziałam w bardzo, bardzo wąskiej łódce. Po jednej stronie była woda, do której nie chciałam wpaść, a po drugiej wąż mangrowy, i to przestraszony chyba tak mocno jak ja.

Wąż posyczał chwilkę, później poobijał ogonem o błoto, w którym się znajdował, i postanowił się oddalić.

Hm... – zastanowiłam się. – Ciekawe, jak ten znak zinterpretują Dajakowie? – Popatrzyłam na panie i pana Dajaków, którzy byli ze mną w łódce, ale oni cieszyli się i uśmiechali do siebie. – To musiał być chyba dobry znak... – uznałam trochę zdziwiona i wysiadłam z łódki. Węża już nie było. Rozejrzałam się, czy przypadkiem nie czają się wokoło jakieś inne niebezpieczne zwierzęta, ale żadnego nie widziałam.

– *This way*... (Tędy...) – powiedział przewodnik i wskazał kierunek, który w żaden sposób nie przypomniał ścieżki.

– *OK*... (Dobrze...) – odparłam niepewnie, bo nie za bardzo wiedziałam, którędy mam się dokładnie przedrzeć przez zarośla. Po chwili zza moich pleców przyszedł pan Dajak. W dłoni miał maczetę i zaczął ścinać liście oraz pnącza, robiąc lekki prześwit, aby można było wejść do dżungli.

Ta maczeta wyglądała tak samo jak ta, którą widziałam niedawno w sklepie ze starociami w China Town...

Pamiętasz?

Wyobraziłam sobie, że maczeta jest jak klucz. Bez niej nie dałbyś rady wejść do dżungli.
A nawet gdybyś próbował, to rośliny, pnącza i liany były tak
ze sobą poplątane, że przypominały jakąś pajęczynę
nie do przejścia, utkaną przez
ogromnego pająka...

To oczywiście tylko moje myśli...
Takie ogromne pająki przecież nie istnieją! ☺

A wiesz, jak się nazywa największy pająk na świecie i gdzie mieszka?

TO PTASZNIK GOLIAT!

JEST NAJWIĘKSZYM PAJĄKIEM NA ŚWIECIE.

Może ugryźć bardzo boleśnie!
Ma bardzo silne i ostre kły jadowe!

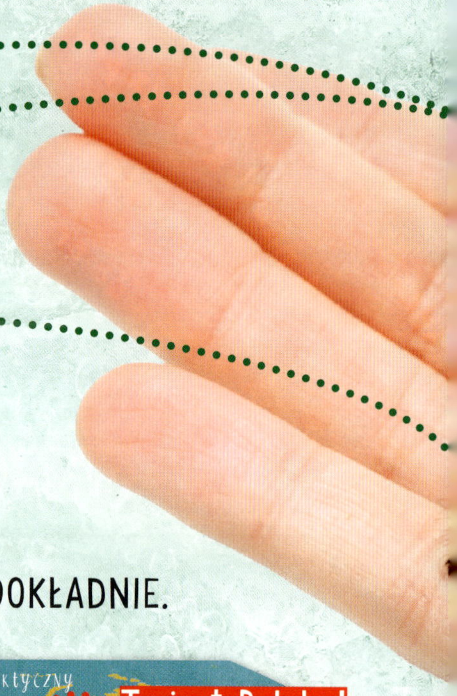

Ma jad, ale nie jest bardzo toksyczny dla ludzi.

Pocierając niektórymi odnóżami, potrafi wystrzelić „chmurę włosków", które są drażniące. Mogą spowodować drażnienie lub swędzenie oczu.

MOŻNA GO SPOTKAĆ W NIEKTÓRYCH KRAJACH AMERYKI POŁUDNIOWEJ. POPATRZ NA MAPĘ I SPRAWDŹ, GDZIE DOKŁADNIE.

Rozstaw odnóży może mieć nawet 30 centymetrów. To więcej niż szerokość otwartej książki, którą trzymasz w rękach!

Końcówki odnóży są utwardzone i jak pająk idzie, pukają, jakby jechał koń. A ponieważ ma więcej odnóży niż koń, wyobraź sobie, jakie to muszą być dźwięki! Możesz spróbować palcami dłoni uderzać o jakąś twardą powierzchnię. Każdym palcem w innym tempie. ☺ Wtedy można powiedzieć: UWAGA, PTASZNIK GOLIAT IDZIE!

IĘC JAK MYŚLISZ? CZY NA BORNEO MOŻEMY POTKAĆ NAJWIĘKSZEGO PAJĄKA NA ŚWIECIE? IĘKSZEGO OD MOJEJ ROZŁOŻONEJ KSIĄŻKI?

Szłam ostrożnie przez dżunglę. Jak już wiesz, na Borneo nie ma ptaszników goliatów, ale są za to inne niebezpieczne zwierzęta, jak na przykład wąż mangrowy, którego udało nam się spotkać. Z jednej strony to było niebezpieczne spotkanie, ale z drugiej – niesamowite przeżycie! Nieczęsto udaje się przecież zaobserwować takie piękne zwierzę, i to jeszcze w jego własnym domu! ☺

W pewnym momencie doszliśmy do wąskiego potoku. Mój przewodnik, panie i pan Dajakowie stanęli i rozejrzeli się.

– *We arrived!* (Dotarliśmy!) – powiedział do mnie przewodnik, uśmiechając się i kładąc pakunki przy brzegu. Panie Dajak zaczęły zbierać liście, a pan Dajak zaczął ścinać ogromne bambusy...

W koszu są jakieś liście, pakunki oraz jakaś dziwna rzeźba... Widzisz? Może ona ma odstraszać wielkie pająki? ☺
Jak myślisz, co to może być?

To są bardzo,
bardzo wysokie bambusy!

Przewodnik wytłumaczył mi, co się dzieje ☺.

Niedługo miała rozpocząć się uczta! Mieliśmy gotować jedzenie i zjeść je wspólnie z duchami dżungli, które przyśniły się wodzowi. Dzielenie się posiłkiem przez Dajaków jest tradycją, o której czytałam już w notatkach dawnego podróżnika. Opisywał wtedy, że Dajakowie karmili nawet czaszki wrogów, kładąc obok nich trochę swojego jedzenia. Tym razem wódz nakazał odwiedzić duchy dżungli, tak jak robili to LAKI-NIHO, kiedy szukali dobrych znaków. Mieliśmy rozpalić małe ognisko i w ten sposób dać im znać, aby przybyły na ucztę, którą mieliśmy przygotować.

Ja zajęłam się szukaniem czegoś, na czym moglibyśmy zjeść posiłek. Znalazłam takie superfajne ogromne liście. Jak myślisz? Nadadzą się jako talerz? ☺.

Nazbierałam ich dość dużą ilość. Umyłam w rzeczce i ułożyłam jedne na drugich, aby się nie pobrudziły. W tym czasie pan Dajak pociął już bambusy na mniejsze kawałki, które później pani Dajak zaczęła płukać w wodzie. Tarła ich powierzchnie liściem. Wiesz, po co się to robi? Te bambusy mają takie mikroskopijne kolce, które ledwo widać gołym okiem. Jeżeli ich dotkniesz, mogą wbić się w dłoń. Dlatego oprócz wypłukania bambusa trzeba go jeszcze przetrzeć. Dzięki temu te malutkie kolce łamią się, a później odczepiają podczas płukania wodą.

Ścięte bambusy

Później znowu wkłada je do wody, aby spłukać starte kolce.

Pani przeciera bambusy, żeby zetrzeć kolce.

A wiesz, że bambus jest pusty w środku? Jak rurka. Ale co jakiś czas w tej rurce jest dno. Zupełnie jakby bambus był podzielony na piętra. Bardzo łatwo zauważyć, gdzie jest to dno, bo to są miejsca bardzo widoczne z zewnątrz. Takie paseczki. Właśnie tam, gdzie są te paseczki, jest dno. Przecinając bambus pod paseczkami, otrzymamy kilka rurek z dnem. Zobacz

Jeżeli skrócimy taką rurkę, będziemy mieli bardzo fajny bambusowy kubek do picia ☺

Popatrz na to zdjęcie. Gdzie trzeba uciąć bambusy, aby zrobić kubeczki?

Zaczęłam zbierać i płukać liście. Przewodnik wyjaśnił, że będą potrzebne do zatkania bambusów podczas gotowania.

– Aha... – powiedziałam uradowana, bo zrozumiałam, o co chodzi. – Będziemy gotować jedzenie w bambusach! – Ucieszyłam się.

Nigdy czegoś takiego nie robiłam. To musi być bardzo fajne. Te dłuższe rurki bambusów będą naszymi naczyniami, a te mniejsze kubeczkami ☺. Jedzenie zjemy później na liściu ☺. ŚWIETNY PLAN!!! ☺

Nakładałam więc do bambusa mięso przygotowane przez panią Dajak, warzywa i jakieś liście, które miały być przyprawą i nadać daniu aromat. Od góry zatkałam bambus liśćmi.

Zobacz! To bambusowe naczynie do gotowania ☺.

Od dołu bambus jest „zamknięty".

W tym czasie panie Dajak rozpaliły ognisko przy rzece i ustawiły dwie gałęzie ścięte w literę Y.

Na nich położyły wzdłuż patyk, na którym później opierały pionowo nad ogniem bambusy. Przewodnik wytłumaczył mi, że bambus jest bardzo wytrzymały i nie spali się tak szybko jak drewno. Może się przypalić od zewnątrz, ale wystarczy nim co pewien czas trochę obracać i jest świetnym naczyniem.

Czas dodać i mój bambus na ognisko!

Ułożyłam go delikatnie przy pozostałych bambusach. Mieliśmy tak poczekać jakiś czas, aż danie w środku się ugotuje.

To był świetny czas na zwiedzanie okolicy! Nie mogłam się powstrzymać od rozglądania za zwierzętami, których na pewno było wokół mnie bardzo dużo i które przyglądały mi się z ukrycia. Popatrzyłam w górę. Dym z ogniska unosił się i ginął gdzieś między liśćmi. To sprawiało, że dżungla wyglądała bardzo tajemniczo. Nic dziwnego, że unoszący się dym z ogniska ma dla Dajaków tak duże znaczenie i symbolizuje rozmowę z dżunglą.

Oglądaj piknik!
Skanuj kod aplikacją
See More ☺.

Skanuj kod aplikacją
i oglądaj dym, na
jaki patrzyli kiedyś
LAKI-NIHO. ☺

Ciekawe, jak by LAKI-NIHO odczytał to, na co właśnie patrzyłam? Dym unosił się w górę, a spomiędzy liści wpadały w niego promienie słoneczne. To był niesamowity widok! W dodatku te dźwięki! Szum wody, mnóstwo ptaków i… nagle odwróciłam się, bo usłyszałam coś innego niż dotychczas. Dziwne nia-ja-ja-y-nia-ja-ja…

Co to może być? – zastanowiłam się. Dźwięki dochodziły gdzieś z zarośli.

Podeszłam i ukryłam się za liściem ☺.
Było mnie oczywiście widać, ale postanowiłam
nie ruszać się i bacznie obserwować otoczenie...
Mój pomysł zadziałał,
bo nagle coś wyszło z zarośli...
Zobacz, co to było!

CZY POZNAJESZ TO ZWIERZĘ?
TO JEŻOZWIERZ

JEŻOZWIERZ

POZNAJMY GO ☺.

Tak go narysowałam.

TO ZWIERZĘ, KTÓRE WYSTĘPUJE NIE TYLKO NA BORNEO. MOŻNA JE SPOTKAĆ TEŻ W CZĘŚCI AMERYKI PÓŁNOCNEJ, AMERYKI POŁUDNIOWEJ, AFRYKI, EUROPY I AZJI. POPATRZ NA MAPĘ, GDZIE WYSTĘPUJE

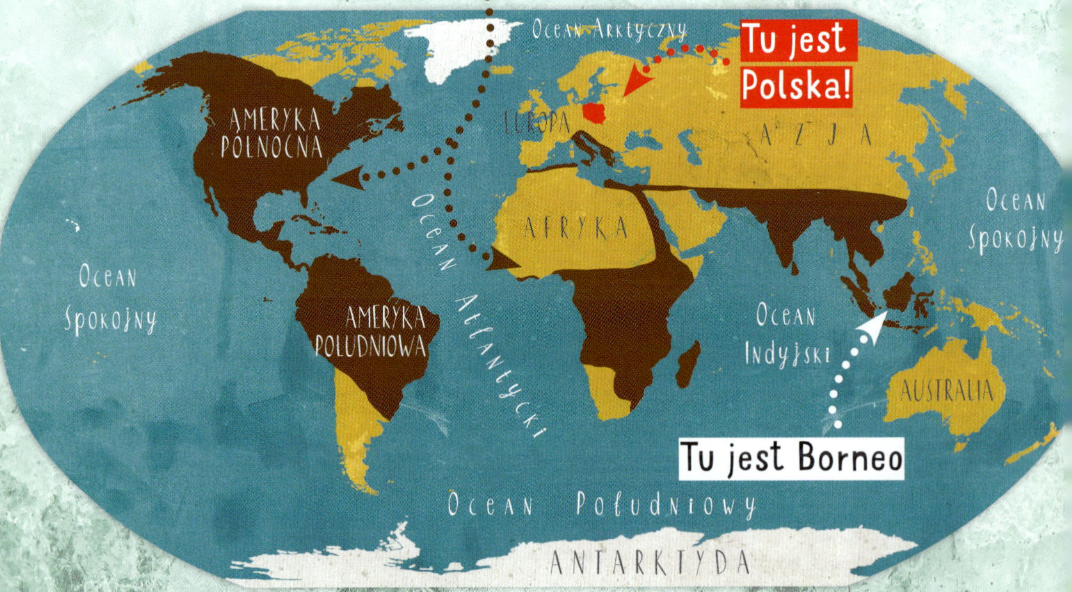

Jeżozwierz to bardzo ciekawe zwierzę. Jest roślinożercą, który musi bronić się przed drapieżnikami. Prawie ze wszystkich stron ma kolce, którymi potrafi „strzelać”. Jest zwykle spokojny i nie szuka kłopotów, ale zaniepokojony może mocno zranić. Gdy się boi i szykuje do obrony, podnosi swoje kolce jak kurtynę i obraca się tyłem do drapieżnika.

Kolce jeżozwierza są długie, grube i ostre. Ich wbicie jest bardzo bolesne i należy ostrożnie je wyciągać!

MOWA CIAŁA JEŻOZWIERZA

BRONI SIĘ.

A to widok od tyłu.

SPOKOJNY

Taką samą mowę ciała mają już maluchy. Zobacz

JESTEM SPOKOJNY

BRONIĘ SIĘ I JESTEM GROŹNY!

NIE POMYL JEŻOZWIERZA Z URSONEM, KTÓRY NAZYWANY JEST JEŻOZWIERZEM CHODZĄCYM PO DRZEWACH ☺.

URSON

Tak wygląda urson.

Urson jest gryzoniem.

Ma cztery ogromne pazury na przednich łapach, które pomagają mu się wspinać na drzewa w ucieczce przed drapieżnikami.

URSON ŻYJE W AMERYCE PÓŁNOCNEJ I CZASAMI JEST MYLONY WŁAŚNIE Z JEŻOZWIERZEM.

Zobacz, narysowałam go ☺

Jeżeli czuje się zagrożony i nie ma drogi ucieczki, to tak jak jeżozwierz odwraca się tyłem i stroszy kolce. W ten sposób mówi – nie podchodź, bo jestem gotowy, by się bronić!

Jego kolce to zmodyfikowane włosy, które przez całe życie rosną. Dzięki temu nigdy nie straci swojej broni.

Wystrzelenie kolców jest tak szybkie, że gołym okiem można nawet nie zauważyć, jak lecą. Nagle są wbite w ciało. Najczęściej atakowane przez ursony czy właśnie jeżozwierze są psy. Bo są najbardziej ciekawskie i nie zdają sobie sprawy z niebezpieczeństwa.

Kolce ursonów są tak zbudowane, że jak już się wbiją, to zaczynają powoli wchodzić głębiej. Dlatego trzeba je jak najszybciej wyjąć.

ALE PAMIĘTAJ, NIE WYJMUJE SIĘ ICH JAK DRZAZGI! A JAK TO ZROBIĆ?

Złapać za kolec i delikatnie przekręcić w palcach, a następnie wyjąć. Jeżeli się je wyciągnie, jak na przykład drzazgę, może to powiększyć skaleczenie. To dlatego, że kolce mają na powierzchni mikroskopijne haczyki. TRZEBA TEŻ UWAŻAĆ, BO MOŻE PO NICH WDAĆ SIĘ **INFEKCJA**!

Jeżozwierz przeszedł niedaleko mnie, ale w ogóle się nie bał i wcale nie spieszył. Był zajęty swoimi sprawami, a może nawet mnie nie zauważył, bo dobrze się zakamuflowałam? ☺ – pomyślałam.

Nagle podszedł do mnie przewodnik.

– *The Dayaks saw that an animal come to you.* (Dajakowie widzieli, że przyszło do ciebie zwierzę) – powiedział bardzo poważnym tonem. – *For the Dayaks it is a sign that you have the soul of a warrior.* (Dla Dajaków to jest znak, że masz duszę wojownika) – dodał.

W tym momencie podszedł do mnie Dajak. Nie mówił po angielsku, ale zrozumiałam, że chce mi wręczyć swoją broń. To była maczeta. Zapinało się ją w pasie, tak jak dawniej rycerze nosili miecze.

Po chwili miałam już ją na sobie i poczułam się, zupełnie jakbym została przyjęta do plemienia.

Po chwili zauważyłam, że do maczety przyczepione jest coś jeszcze. Zobacz! To były igły jeżozwierza. Dla Dajaków muszą mieć magiczną moc. Dlatego jeżozwierz przechodzący obok mnie został potraktowany jak znak od dżungli!

Pani Dajak zaprosiła mnie na obiad. Zjadłam bardzo smaczny posiłek z ryżem, który już wcześniej pani ugotowała w wiosce, a na koniec postanowiłam wykąpać się w tej superdżunglowej rzeczce! To była wspaniała przygoda!

CO TY NA TO? WYKĄPIEMY SIĘ?

Musiałam się w niej położyć! ☺

Dżunglowa rzeka

Skanuj kod aplikacją See More i sprawdź, czy woda była ciepła, czy zimna ☺.

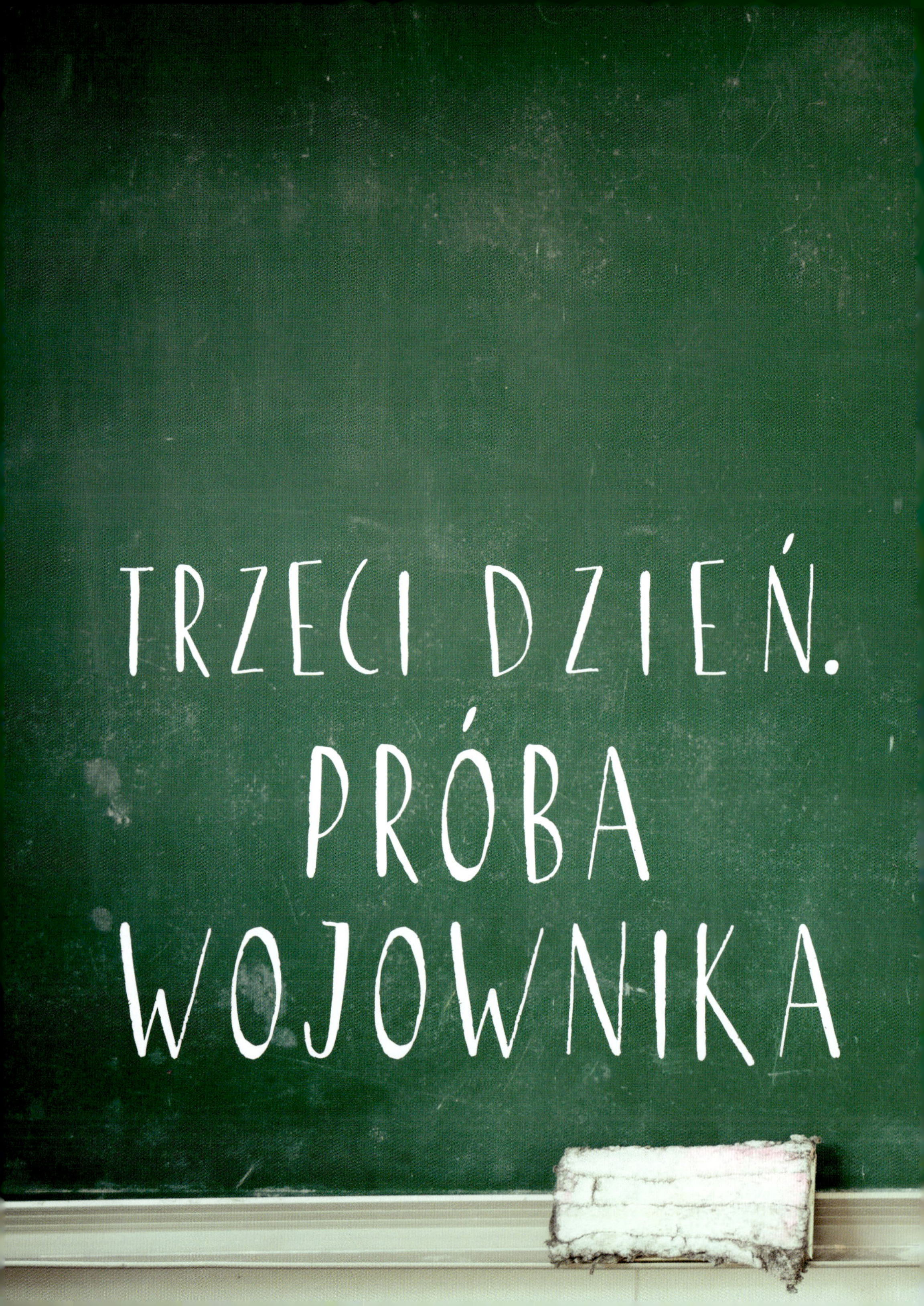
TRZECI DZIEŃ.
PRÓBA
WOJOWNIKA

Przespałam kolejną noc w długim domu na palach w sercu borneańskiej dżungli. Pobyt u łowców głów bardzo mi się podobał. Nie byli tak groźni, jak to sobie wyobrażałam, i faktycznie chyba już dawno temu przestali polować na głowy, ale w ich kulturze zostało bardzo dużo wierzeń i tradycji, które powstawały setki lat temu. Do dziś plemiona widzą znaki i ukryte moce w zwierzętach, roślinach czy w unoszącym się dymie z ogniska. To bardzo ciekawe i fascynujące!

To niesamowite dostrzegać rzeczy, na które na co dzień nie zwracamy uwagi. Chociaż myślę, że my dzieci, widzimy dużo więcej niż dorośli ☺, a nawet potrafimy rozmawiać ze zwierzętami ☺. Czasami mam wrażenie, że rozumiem zwierzęta i że potrafię się z nimi komunikować. Czy ty też tak masz? Myślę, że gdy bardzo kochasz przyrodę i zwierzęta, to stajesz się częścią jakiegoś magicznego, niesamowitego ekosystemu ☺.

Wczorajszy dzień był niesamowity. Z dżungli przyszedł do mnie jeżozwierz, a pan Dajak uznał, że to znak mojej wojowniczej duszy. Dostałam jego maczetę, do której właśnie były przyczepione igły jeżozwierza, zapewne znalezione przez niego w dżungli. Pan Dajak powiedział, że te igły są dla ochrony przed złymi mocami.

Hm... nie dziwię się, że symbolizują ochronę. Popatrz, to właśnie dzięki nim drapieżnik nie może zaatakować jeżozwierza.

Ale jeżozwierze nie są jedynymi zwierzętami, które bronią się kolcami. Jakie znasz jeszcze zwierzęta, które mają taki system obrony? Na pewno **JEŻE**...

Popatrz, jaki super! To jeż z uszami ☺. Jego naukowa nazwa to **STEPOJEŻ USZATY**. Zobacz, gdzie można go spotkać.

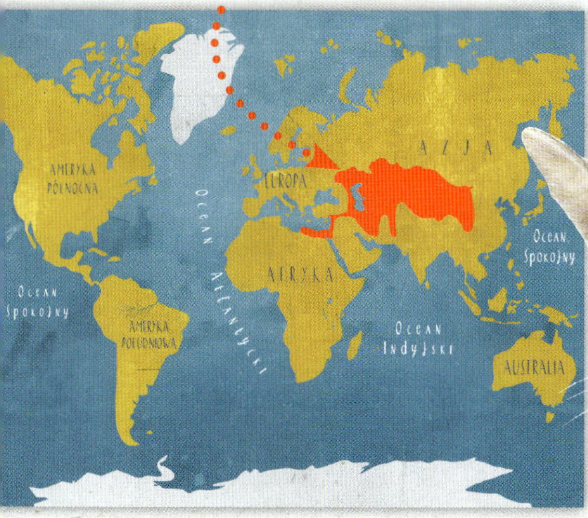

Jest bardzo śmieszny. Szkoda, że nie występuje w Polsce ☺.

A co to jest? Zgadniesz, co to za zwierzę? Spójrz, gdzie występuje.

TO KOLCZATKA

POD WODĄ TEŻ SĄ ZWIERZĘTA

TO RYBA ROZDYMKA

Z KOLCAMI

Dzisiaj przy śniadaniu dowiedziałam się, że skoro przyszedł do mnie jeżozwierz, to powinnam poznać sztukę walki Dajaków. Jego przybycie to znak, że jestem chroniona i mogę rozpocząć szkolenie wojownika.

Jakie szkolenie wojownika...? – zastanawiałam się, nakładając sobie jedzenie na talerz. Śniadania i obiadokolacje jadłam w pokoju wodza wioski. Razem z nami siadał wódz, mój przewodnik, jego żona i najbliższa rodzina. Nie było innych osób. Wódz w ten sposób okazywał szacunek gościom.

Panie Dajak ugotowały bardzo dużo potraw. Niestety, nie byłam w stanie tego wszystkiego zjeść… Jadłam i miałam nadzieję, że nie obrażę Dajaków tym, że nie zjem tego wszystkiego, co zostało podane. Postanowiłam więc nałożyć sobie wszystkiego po trochu ☺.

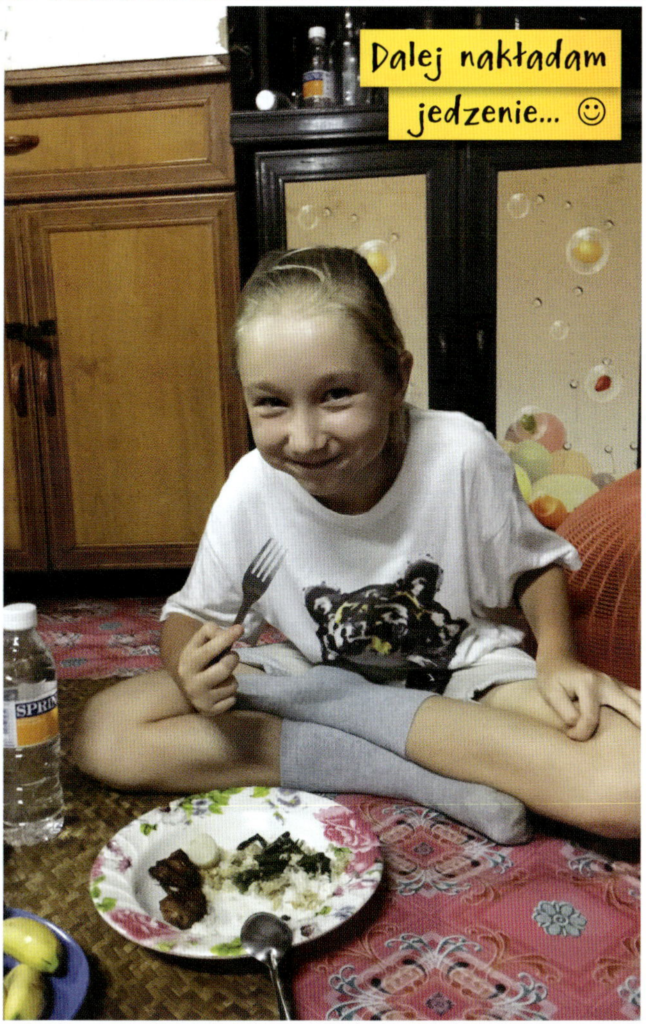

Po śniadaniu przewodnik wstał, spojrzał na mnie i powiedział:

– *It's time.* (Już czas).

Był jedyną osobą w wiosce, która mówiła w języku angielskim, i tłumaczył mi słowa Dajaków, którzy posługiwali się tylko swoim plemiennym językiem.

Przewodnik powiedział, że na dworze czeka na mnie wojownik i będzie mnie uczył walki.

Wyszłam na zewnątrz. Faktycznie, stał tam pan Dajak, a w dłoni trzymał broń. To była dmuchawka. Czyli długi, pusty wewnątrz kij – jak rurka, do którego wojownicy wkładali zatrute strzały. Później przykładając kij do ust, trzeba było bardzo mocno dmuchnąć. Strzała wylatywała i trafiała w cel.

Tak wygląda krótsza wersja dmuchawki Dajaków.

Wojownik Dajak

Przewodnik wytłumaczył mi, że plemię Dajaków, u których jestem, nazywa się IBAN i kiedyś było to jedno z najwaleczniejszych plemion Borneo. Wszyscy się ich bali, a oni sami uważali się za najdzielniejszych ludzi na świecie.

Zobacz, to stare zdjęcie wojowników Dajaków!

ZATRUTE STRZAŁY DAJAKÓW

Dajakowie używali zatrutych strzał do paraliżowania wrogów. Wódz opowiedział mi, że trucizna do strzał nie pochodzi od zwierząt. To mnie bardzo zdziwiło. Skąd więc biorą truciznę do strzał? – zastanowiłam się.

Jad znajduje się na skórze żaby. Nie wolno jej dotykać!

Wiem, że na przykład Indianie z Ameryki Środkowej i Południowej używają do zatruwania strzał jadu trujących żab. Istnieją tam żaby, które mają jad na skórze, i Indianie ocierają o nie strzały, aby były zatrute.

Dajakowie znaleźli inny sposób na zatrucie strzały. Podobno w niektórych miejscach dżungli rosną bardzo, bardzo rzadkie drzewa. Z ich kory wypływa tajemnicza substancja. Jest tak toksyczna, że według opowieści zraniony strzałą człowiek jest w stanie zrobić tylko siedem kroków!

Wódz powiedział, że mało osób wie, gdzie dokładnie znajduje się to drzewo, a droga do niego trzymana jest przez plemię w tajemnicy. To drzewo nazywa się *Antiaris toxicaria* i wygląda tak

Niektórzy mówią, że jest to jedno z najbardziej trujących drzew na świecie!

Strzały zatrute substancją z tego drzewa nazywają się UPAS. To słowo oprócz zatrutej strzały oznacza też „posłańca".

Ale plemię IBAN tylko wyjątkowo używało dmuchawek do walki między plemionami. Najdzielniejsi wojownicy ich nie używali.

Może dorastać nawet do czterdziestu metrów! To więcej niż dziesięciopiętrowy blok!

ZARAZ PRZEJDĘ SZKOLENIE STRZELANIA Z DMUCHAWKI. TRZYMAJ ZA MNIE KCIUKI! ☺

Pan Dajak powiedział, że sprawdzimy, jakim jestem wojownikiem. Mam już moc obronną jeżozwierza, a teraz sprawdzimy moje zdolności waleczne!

Ojej… – pomyślałam zmartwiona. – Mam nadzieję, że mi się uda. Ciekawe, co będę musiała zrobić.

Po chwili wszystko stało się jasne. Zrozumiałam to, widząc dmuchawkę i kawałek styropianu, w który miałam celować. Popatrzyłam na wojownika Dajak i nie mogłam się powstrzymać od zadania pytania, które od początku chciałam zadać. Czy są tu głowy??? Chciałam wiedzieć, czy to tylko legendy, straszne opowieści, czy naprawdę jestem u łowców lub potomków łowców głów.

Przewodnik spojrzał na mnie i rzekł:

– *The Dayaks once had a lot of heads in their homes, but later they were told to give them all to the museum.* (Kiedyś Dajakowie mieli dużo głów w domach, ale później kazano im wszystkie oddać do muzeum) *But I will ask* (Ale spytam) – dodał, zwracając się do pana Dajak w plemiennym języku.

Pan Dajak gdzieś odszedł i po chwili wrócił z trzema czaszkami oplecionymi rattanem. Bardzo się zdziwiłam, bo przecież wszystkie miały być w muzeum. Pan Dajak według tradycji poczęstował czaszki piciem, po czym odniósł je do swojego domu.

Czytałam o tym w zapiskach dawnego podróżnika... – pomyślałam. – Dajakowie zawsze dzielili się posiłkiem z duchami dżungli czy właśnie z głowami wrogów.

Nadszedł czas mojej próby! Dmuchawka, którą miałam strzelać, miała ponad dwa metry. W środku była oczywiście pusta, jak rurka, i była zakończona metalową włócznią.

Były też oczywiście strzałki. Ale te nie były zatrute.

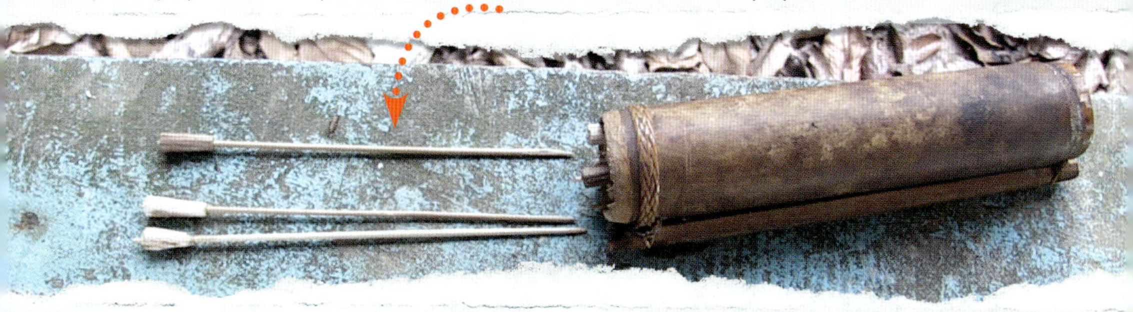

Najpierw strzelał wojownik. Byłam bardzo przejęta!

Trafił w tarczę,
ale z boku…

Następnie powiedział, że jest moja kolej.

Wzięłam dmuchawkę, ale była tak ciężka, że ledwo ją podnosiłam.

Pan Dajak pomógł mi utrzymać dmuchawkę.

Wcześniej przewodnik wytłumaczył mi, jak Dajakowie strzelają z dmuchawek.

OPOWIEM CI

1. WKŁADASZ STRZAŁKĘ PRZEZ USTNIK.
2. TRZEBA WZIĄĆ WDECH I DOPIERO PO WDECHU PRZYŁOŻYĆ USTA DO DMUCHAWKI.
3. ZROBIĆ SZYBKI I MOCNY „DMUCH”.

Czyli nie takie długie huuu, tylko hu!

Posłuchałam rad i zobacz, jak mi się udało strzelić!

Uaaał! Zobacz! Byłam lepsza od samego wojownika!

Moim strzałem zadziwił się nie tylko wojownik, ale i sam wódz. Super, że mi się udało ☺. To była fantastyczna przygoda. Jestem naprawdę szczęśliwa, że przed wyjazdem udało mi się odszukać notatki dawnego podróżnika. Dzięki temu mogłam zupełnie inaczej spojrzeć na to, co się działo podczas mojej wyprawy. Zrozumiałam, że to, co czasami wydaje się zwykłe, w połączeniu z wiedzą nabiera nowego, zupełnie innego i fascynującego wymiaru. Do zobaczenia!

PRZYJDŹ NA SPOTKANIE AUTORSKIE Z NELĄ

I ZDOBĄDŹ „WOJOWNICZE" PIECZĄTKI!

Sprawdź, gdzie są aktualne spotkania, na:

www.facebook.com/podrozeneli/events

Spotkaj się z Nelą!

Wydawnictwo Burda Książki oraz Nela serdecznie zapraszają wszystkie dzieci i dorosłych na spotkania autorskie z Nelą organizowane w różnych miejscach w Polsce. Aby dowiedzieć się, gdzie i kiedy można się spotkać z Nelą, wejdź na stronę **www.facebook.com/podrozeneli** i kliknij w zakładkę „Wydarzenia".

Wszelkie zapytania dotyczące Neli (w tym organizacji spotkań) prosimy kierować na adres: **kontakt@pr8848.pl**